Marc Oppliger

Ich, der
Rekrut

Erzählung

Bibliografische Information der Deutschen Nationalbibliothek: Die Deutsche Nationalbibliothek verzeichnet diese Publikation in der Deutschen Nationalbibliografie; detaillierte bibliografische Daten sind im Internet über dnb.dnb.de abrufbar.

© 2021 Marc Oppliger
Herstellung und Verlag: BoD – Books on Demand, Norderstedt

ISBN: 9783754316580

Für meine Familie

Diese Geschichte ist der Versuch, einige wilde Gedankengänge eines Rekruten der Schweizer Armee zu strukturieren und in einen verständlichen Kontext einzubetten.

Tag 1

Stolz und doch so erschöpft steht die Kaserne Auenfeld an dieser Strasse schon Jahrzehnte. Gezeichnet von einer früheren Zeit, als ihr grünes und von der Tierwelt bewohntes Naturschutzgebiet noch von Panzern befahren wurde. Heute bleiben die vielen Panzerpisten aber unbefahren. Am heutigen Montag, Ende Juni, werden in der zweiten Panzerhalle keine neuen Panzer willkommen geheissen, sondern eine Kompanie an Rekruten. Genauer gesagt drei Kompanien, wobei die erste Kompanie schon weiterreist, ehe überhaupt alle angekommen sind.

Unter diesen vielen hundert Männern – ja ich schliesse hier die weibliche Form bewusst aus, denn ich nehme mir die Freiheit auf die insgesamt 3 Frauen der dritten Kompanie nicht weiter einzugehen – stehe auch ich mit viel Unterwäsche und einem grossen Stück Neugier bepackt. Sie ersetzt an diesem Montag nicht nur meine Motivation, sondern auch die der vielen jungen Männer um mich herum, die mich seit der Zugfahrt nach Frauenfeld begleiten.

Pünktlich, wie fast alle Rekruten, stehe ich nun vor einer ehemaligen Panzerhalle. Heute braucht man sie für die Nahkampfausbildung, Dienstbesprechungen und als Garage für die unheimliche Menge an Fahrzeugen, die meine Kompanie zu beherbergen hat. Nach einem ersten Posten, wo ich unter anderem meine Essgewohnheiten angeben muss, werde ich meinem Zug zugewiesen. Zug Meier. Ein blonder grösserer Mann steht hinter einer Holzpalette. Er ist ein Leutnant. Er ist mein Zugführer. In 18 Wochen wurde er erst zum Soldaten ausgebildet, dann in 4 Wochen zum Wachtmeister, bevor er innerhalb von 15 Wochen zu einem Subalternoffizier, was ein rangniederer Offizier ist, geformt wurde. Auf mich allerdings wirkt er durchaus bedeutungsvoller. Von nun an bin ich Teil seines Zuges.

Zug Meier besteht aus 37 Rekruten. Die meisten haben gerade ihre Lehre oder Matura abgeschlossen und sehen sich in der Pflicht, die 18-wöchige Rekrutenschule zu absolvieren. Jeder einzelne wurde aus seinem eigenen Leben gerissen und in eine Art „Auszeit" katapultiert, welche er weder ersehnte noch erwünschte. Doch da stehen wir nun. Von nun an werden wir kaum mehr als Individuen wahrgenommen, sondern vielmehr als Teil dieses Zuges, dieses Zuges Meier.

Bereits um fünf Uhr nachmittags essen wir zu Abend. Am ersten Tag der Rekrutenschule gibt es immer Ravioli mit Salat. Das Essen hätte zwar ein wenig mehr gewürzt werden dürfen, nichtsdestotrotz schmeckt es ganz gut und wir können nach einem informativen Nachmittag neue Kräfte für das Abendprogramm tanken.

An diesem ersten Tag habe ich meine Umwelt nur nebensächlich wahrgenommen. Ich habe weder meine

Kameraden kennen gelernt, noch habe ich mich besonders für sie interessiert. Ich war viel mehr auf mich konzentriert und mit dem Sortieren und Verarbeiten meiner Gedanken überfordert. So bin ich froh, als wir gegen späten Abend unseren ersten militärischen Tag beenden können und schliesse, nach kurzer Zeit in meinem Bett, mein Buch „A farewell to arms" von Ernest Hemingway, das die Geschichte eines amerikanischen Sanitäts-Offiziers, der während dem ersten Weltkrieg die italienischen Streitkräfte unterstützt, erzählt.

Tag 2

Ein nächster, zweiter Tag wird durch das unsanfte Wecken der uns vorgesetzten Wachtmeister eingeläutet. Meine digitale Armbanduhr zeigt gerade halb sechs und in 20 Minuten haben wir bereits vor unserer Unterkunft zu stehen. Nicht nur bereit, um zu essen, sondern auch um einen rund halbstündigen Fussweg zu einer Logistikbasis aufzunehmen und dort nebst unserer kompletten Ausrüstung auch unser Gewehr zu fassen.

Jetzt bin ich doch vor allem auf mich und meine stark eingeschränkte Morgenroutine konzentriert, als mich ein Zimmergenosse auf mein Buch anspricht. Ihm fiel auf, dass nur wir beide uns gestern Abend einem Buch widmeten. Und so verstricken wir uns in ein erstes Gespräch. Er heisst Noah Fischer, ist 20 Jahre alt, kommt aus Schaffhausen, hat seine Lehre als Heizungsinstallateur bereits vor einem Jahr abgeschlossen. Seither hat er die Berufsmatur gemacht. Er ist etwas grösser als der durchschnittliche Rekrut, hat schwarze Haare und einen dunklen Bart. Seine äusseren Erscheinungsmerkmale gleichen den meinen, doch unterscheiden wir uns stark. Ich bin viel breiter gebaut und gut ernährt, während er eher dünn ist. Sein Kopf ist schmaler und sein Haarschnitt zwar ebenfalls kurz aber viel wilder. Natürlich stelle auch ich mich vor. Ich bin 19 Jahre alt, komme aus einer Agglomerationsgemeinde der Stadt Bern und habe in den letzten vier Jahren das Gymnasium besucht.

Unsere Kaserne umfasst nebst der bereits erwähnten Panzerhalle noch zwei weitere grosse Mehrzweckhallen und eine zum Essen umfunktionierte und mit einer Küche versehenen Halle, welche mit einem grossen Zelt erweitert wurde, um noch mehr Essplätze für Rekruten zu schaffen. Zusätzlich gibt es auch noch vier verschieden grosse Baracken, welche teilweise miteinander verbunden sind und die Kommandoposten, eine militärische Bezeichnung für Kanzlei, der beiden angesiedelten Kompanien umfassen.

So laufen wir, nach einem zufriedenstellenden Frühstück mit Brot und Haselnussaufstrich in der Kaserne, der Logistikbasis und dem Sonnenschein eines heissen Juni-Tages entgegen.

„Gott sei Dank regnet es nicht", pflichte ich meinem Nachbar bei, der neben mir zu laufen hat, weil wir uns stets in einer Zweierkolonne bewegen müssen. Wir sind beide ehemalige Gymnasiasten. Er ist durchschnittlich gross, hat schwarze Haare und eine ziemlich unauffällige Natur. Sein Name ist Jonas Metzger, er kommt aus dem kleinen Urkanton Uri und vermisst, ähnlich wie ich, seine alte Schule. Wir beide teilen eine gewisse Missgunst gegenüber dem Dienstbetrieb oder zumindest dem gegenüber, was wir bisher miterlebt haben. Wir beide sind uns noch ziemlich unbekannt. Im ganzen Zug haben sich erst kleinere Bekanntschaften und Gruppen gebildet.

Geplagt von einer unglaublichen Demotivation, die durch den sehr harschen Umgangston zumindest mitgeprägt ist, stehe ich wie im falschen Film da und halte das gerade erhaltene Material weit in die Luft, damit es mein Wachtmeister kontrollieren kann. Mittlerweile scheint die Sonne hell und stark, sodass uns der Schweiss über unsere Gesichter fliesst. Als wir die Materialkontrolle der ganzen persönlichen Ausrüstung beendet haben, dürfen wir den von einem Veloständer geworfenen Schatten als Pausenzone nutzen.

Nun sind wir mit dem wichtigsten Material des Soldaten ausgerüstet. Wir haben unsere Marschschuhe, den berüchtigten Kampfstiefel 90, unsere Uniform und auch unseren Helm gefasst. Der wichtigste Begleiter eines jeden Soldaten fehlt aber noch. Als nächstes können wir, unter Einhaltung eines strikten Ablaufs, unser Gewehr entgegen nehmen. Es bildet sich vor einem improvisierten, aus Holzpaletten bestehenden, Tisch unseres Kompaniekommandanten, einem durchschnittsgrossen und sympathisch wirkenden Englisch- und Geschichtsstudenten der Universität Basel, eine Einerkolonne. Ein Rekrut nach dem anderen tritt nach vorne und meldet sich bei ihm an. Das funktioniert ganz einfach. Man steht stramm da, salutiert mit der rechten gestreckten Hand und sagt: „Oberleutnant," (Das ist sein Grad, während Kompaniekommandant seine Funktion ist.) „Rekrut Häfeli". Infolgedessen nimmt er den Gruss ab und man kann in einer vorgegebenen Position gelassen stehen. Der Oberleutnant reicht einem die Waffe, die man bestimmt packen muss, um sie ihm förmlich aus den Händen zu reissen. Jedoch sagt er erst noch laut und bestimmt: „Ihre persönliche Waffe!", worauf man „Verstanden, meine persönliche Waffe!", erwidert. Nach diesem Prozedere kann man sich abmelden, was das Pendant zum Anmelden ist. Das Ganze ist eigentlich ganz einfach, doch sind einige wohl sehr nervös und ihnen misslingt ihr Teil. Das ist wohl darauf zurückzuführen, dass der Oberleutnant aufgrund seines Grades viel mächtiger und grösser wirkt als er wirklich ist. Sein junges Gesicht wird mit einem kurzen Bart verdeckt und durch eine rassige Kurzhaarfrisur abgerundet. Ich bin froh, als ich das

Ganze doch ohne Fehler absolviere und nun mit einem, nein meinem Sturmgewehr ausgerüstet bin.

So stehen wir alle, mit unserer Ausrüstung und der persönlichen Waffe bepackt, bereit, um in unseren neuen Kampfstiefeln zurückzulaufen. Der 30-minütige Weg an sich ist nicht weiter anstrengend. Doch die über 30 Grad Celsius und unsere Kampfstiefel machen den Knackpunkt aus. So legen wir auf dem Weg sogar eine Pause ein, um einen Schluck Wasser zu trinken. Als wir ankommen, haben einige von uns am Fuss bereits solche Blasen, dass sie einen Arzt aufsuchen müssen und die nächsten Tage keine Kampfstiefel mehr tragen können. Auch ich habe, wie ein Grossteil von uns, bereits an beiden Füssen Blasen. Doch auf einen Arztbesuch verzichte ich. Ein anderer Rekrut muss wegen zwei grossen und geplatzten Blasen für fast eine Woche ins medizinische Zentrum der Region, ehe er zu uns zurückkehren darf. Diese erste Strecke hat unserem Zug als Ganzes bereits viel Mühe bereitet. So erkennen alle spätestens jetzt, dass das Militär nicht nur aus Warten, Freizeit und Essen besteht.

Ich lerne immer mehr Rekruten kennen. Darunter sind Maturanden, Informatiker und Kameraden, die andere technische Lehren abgeschlossen haben. Vereinzelt gibt es aber auch Kaufmänner und Detailhändler. Das lässt sich eigentlich auf unsere technische Funktion zurückführen. Alle sind zwischen 18 und 23 Jahren alt und kaum jemand freut sich auf seinen Dienst oder ist hier aus anderen Gründen, als dass er die Alternativen noch unattraktiver fand. Vielleicht liegt das aber auch an unserer Funktion. Wir werden Telematiksoldaten, genauer Übermittlungspioniere. Kaum jemand ist der Funktion wegen hier. Die meisten Rekruten wählten Frauenfeld als nächste Ausbildungsstätte aus. Andere entschieden sich wie ich für das Durchdiener-Modell. Das heisst, man leistet seinen Militärdienst in 300 Tagen am Stück, wobei die erste Hälfte in einer Rekrutenschule absolviert wird, ehe man einer Bereitschaftskompanie zugeteilt wird. Andere arbeiten bereits auf einem technischen Gebiet, hatten kaum eine Wahl oder es war ihnen schlicht egal, welche Funktion sie im Militär ausüben werden.

Tag 3

Am dritten Tag stellt sich nun auch unser Zugführer näher vor, indem er um 05:45 Uhr mit dem Morgensport beginnt. Wir verlassen unsere Kaserne und laufen den Waffenplatz Frauenfeld ab, welcher einer der grössten der Schweiz ist und unzählige Panzerpisten zählt. Das erinnert mich an all die amerikanischen kriegsverherrlichenden Filme, in denen Rekruten zu Soldaten und Soldaten zu Helden werden. Doch unser erster Lauf ist gar nicht glorreich. Bereits nach wenigen hundert Metern melden sich die physischen Defizite eines ersten Kameraden zu Wort und wir verlangsamen unser Tempo erheblich. Es ist allerdings zu erwähnen, dass unser Zugführer keinerlei Verständnis für diesen Rekruten hat, der uns in den nächsten zwei Wochen bereits vorzeitig verlassen wird. Nebst ihm wechseln auch zwei weitere Kameraden in den Zivildienst, da ihnen die Leistungsfähigkeit und das Interesse für den militärischen Umgang und Alltag fehlen.

Nach der Joggingrunde können wir nun endlich Frühstücken und beginnen einen sehr einfältigen Tag. Wir müssen unser ganzes Material zusammensetzen und zusammenbauen. Die Grundtrageeinheit muss mit vier Taschen versehen werden, die Gasmaske muss zusammengeschraubt werden und vieles mehr gilt es bereitzustellen. Dabei hinterfrage ich, wie ein erheblicher Teil der Rekruten, den Sinn hinter unserem Dienst. Wir werden wie die grössten Idioten behandelt, müssen ständig von Ort zu Ort rennen, ehe wir endlos warten können. Nichtsdestotrotz befolge ich die Befehle meiner Wachtmeister strikt und erledige meine Aufgaben schnellstmöglich. So wie auch den ersten Schuhparkdienst, eine elegante Umschreibung für das Putzen unserer Kampfstiefel. Uns werden viel zu knapp berechnete Zeiten für kleine Aufgaben wie das Ausfädeln der Schuhbändel gegeben. Weil wir die Zeitvorgaben nicht erreichen, werden wir mit Liegestützen, Sprints und dem Verharren in der Plank-Position bestraft. Alles ganz zum Vergnügen unserer Wachtmeister, wobei zu erwähnen ist, dass sich einer meiner Wachtmeister stets weigert, unseren Schuhparkdienst so zeitaufwändig und sinnlos zu begleiten. Die anderen Wachtmeister wollen es sich allerdings auf keinen Fall nehmen lassen, dies täglich zu wiederholen.

Obwohl unser Tagesprogramm so kurz und einfach zusammenzufassen ist, fühlt sich dieser Tag fast endlos an. Die neuen Kampfstiefel bereiten mir grosse Unannehmlichkeiten, gelernt habe ich kaum etwas und mit meiner Situation habe ich mich auch noch nicht abgefunden. In jeder Stunde hier ersehne ich mein vertrautes Zuhause. Doch die Hälfte der ersten Woche habe ich bereits geschafft, also zwinge ich mich, weiter den Befehlen zu folgen und meine Kameraden kennenzulernen.

Tag 4

Eigentlich sollten wir in den nächsten Wochen vieles erleben und auch etwas dazu lernen. Doch ich finde mich noch immer in einer mir fernen Welt wieder. Wie geschockt stehe ich auch heute Morgen am Antrittsverlesen, bei dem der Kompaniekommandant, wie jeden Tag, das heutige Programm bekannt gibt.

Mein Zug beschäftigt sich heute ausgiebig mit dem Gewehr, denn bereits morgen gibt es eine erste Inspektion, bei der festgestellt werden soll, ob wir für unser erstes Schiesstraining bereit sind. Ich habe noch nie mit einem Gewehr geschossen und auch noch nie damit hantiert. Ich weiss weder wie man eine Waffe sichert noch wie sie aufgebaut ist oder wie man sie korrekt einstellt.

Gemeinsam mit unserem Wachtmeister lernen wir unser Gewehr kennen. Wir bilden in einem der Kaserne sehr nahen Wald einen Halbkreis und ein Wachtmeister erklärt uns die Sicherheitsvorschriften, die in vier kurzen Sätzen zusammengefasst werden können. Diese haben wir auswendig zu lernen und werden gleich abgefragt. Der Wachtmeister sagt oder besser schreit: „SIE! Sicherheitsvorschrift 1?!" Der angesprochene Rekrut entgegnet von der Sonne geblendet und natürlich korrekt anmeldend, was fast wichtiger als die eigentliche Antwort zu sein scheint, mit: „Wachtmeister, Rekrut Fischer. Alle Waffen sind immer als geladen zu betrachten." Schon fast stolz auf seine pädagogische

Kompetenz lässt er einen anderen Rekrut die zweite Sicherheitsvorschrift aufsagen: „Wachtmeister, Rekrut Metzger. Nie eine Waffe auf etwas richten, das man nicht treffen will." So geht das auch mit den beiden weiteren Sicherheitsvorschriften, welche übrigens so lauten: „Solange die Visiervorrichtung nicht auf das Ziel gerichtet ist, ist der Zeigefinger ausserhalb des Abzugsbügels zu halten." und „Seines Zieles sicher sein." Ich gestehe zwar ein, dass diese Vorschriften für den Umgang mit dem Sturmgewehr von grosser Wichtigkeit sind. Doch ich bezweifle, einen grossen Nutzen aus dem Auswendiglernen dieser vier Sätze gezogen zu haben. Jede Regel beruht im Grunde nur auf gesunden Menschenverstand, den man uns durchaus zumuten darf.

Weiter lernen wir verschiedene Gewehrmanipulationen, namentlich die persönliche Sicherheitskontrolle, das Laden und das Entladen, kennen. Dazu verlassen wir den Wald, den sie hier gerne Dschungel nennen und laufen auf eine grosse Wiese. Diese Manöver bereiten uns zu Beginn noch einige Schwierigkeiten, doch die lauten und mehr oder weniger motivierenden Zuschreie unserer Wachtmeister motivieren uns, unsere Fertigkeiten schnellstmöglich zu verbessern. „Los, machen Sie vorwärts!!!" und „Verdammte Scheisse, schneller!!!" gehören zu den Standardsprüchen unserer Vorgesetzten. Diese Manöver sind essentiell für einen kontrollierten und schnellen Umgang mit dem Gewehr, welchen wir innerhalb von sechs Wochen erlangen sollen.

Während ich hier lerne, meine Waffe zu bedienen, schweifen meine Gedanken ein wenig ab. Was halte ich hier in meinen Händen? Ein Sturmgewehr, das kaum mehr als 4 Kilogramm wiegt und mich hier an den Rand der Verzweiflung stellt. Diese 4 Kilogramm Metall sind pure Macht, die über Leben und Tod entscheiden können. Man darf nicht vergessen, was für ein Schaden durch den böswilligen Gebrauch einer solchen Waffe entstehen kann. Es können Leben vernichtet, Systeme angegriffen und viel Leid verbreitet werden. Ich wurde hier im Namen meines Landes, der Schweiz, mit einer solchen Waffe ausgerüstet. Obwohl moderne Kriege kaum durch Sturmgewehre entschieden werden, bleibt es eine tödliche und gefährliche Waffe, die mit viel Verantwortung getragen werden muss.

Auch den Rest des Tages verbringen wir mit unseren Waffen und lernen verschiedene Anschlagsarten einzunehmen, die Waffenbestandteile kennen und den Ablauf bei Schiessübungen. So sind wir bereit für unser Schiesstraining der folgenden Wochen und fast noch wichtiger für die morgige Inspektion des Berufsmilitärs. Auf dem Rückweg aus dem Gelände zu unseren Baracken gilt es, die Plakate, die Holzgestelle und die Überreste der Zwischenverpflegung zurückzubringen. Gemeinsam mit einem anderen Rekruten trage ich das Material, weshalb wir in unserer Formation ganz vorne mitlaufen. Hier im Militär laufen immer die schwächsten und langsamsten ganz vorne. Da ich nun, wie der fast zwei Meter grosse, schwarzhaarige und sportliche Kamerad Lars Schmid, der seine Lehre bei der Marti gemacht hat und nach dem Militär gerne Polizist werden würde, mit zusätzlicher Last versehen wurde, soll ich das Marschtempo angeben. Während man im zivilen Leben leider oft mit seiner Last alleine gelassen wird, wird hier im Militär immer aufeinander gewartet und man erledigt alles gemeinsam, was zwar sehr ineffizient sein kann, doch ein Gefühl des Miteinanders, der Kameradschaft entfachen soll.

Auch diesen Tag beenden wir nach der Ausbildung mit einem sehr mühsamen Schuhparkdienst, sodass wir auch nach dem vierten Tag erschöpft für gut sechs Stunden in unser Bett fallen.

Jeden Abend gibt es ein Abendverlesen, kurz ABV. Der Zimmerchef vertritt dort das gesamte Zimmer und der Hauptfeldweibel, ein junger Automechaniker, gibt das Programm des folgenden Tages bekannt. Insbesondere, wann wir aufstehen und frühstücken müssen.

Heute lese ich während dieser Zeit nicht, sondern starre vor mich hin und frage mich, warum ich eigentlich hier bin. Mir missfällt das Schleppen der Waffe, der Grundtrageeinheit mit Hörschutz und Schutzmaske und des Kampfrucksacks mit einem ABC-Schutzanzug und einem Regenschutz. Dazu sehe ich absolut keinen Sinn hinter meiner Tätigkeit hier im Militär und geniesse lediglich das Schlafen und das überraschend gute Essen. Doch mittlerweile weiss ich, dass es nicht nur mir so geht. Meinen Freunden aus dem Gymnasium gefällt es auch nicht. Sie überlegen sich ebenfalls den Militärdienst frühzeitig zu verlassen. Doch keiner meiner Freunde entscheidet sich in dieser Anfangszeit der Rekrutenschule abzubrechen. Wieso? Sind wir stolz, die Schweiz zu verteidigen? Ich glaube kaum. Wir sind uns einig, dass die Sicherheit der Schweiz heute nur sehr bedingt von unserer trägen Milizarmee gewährleistet wird und dass sie noch weniger durch die Schikane an Rekruten gefestigt wird. Warum sind wir denn dann im Militär? Wollen wir die Rekrutenschule überstehen? Diese Lebensschule, die uns zu Männern formt und zu den physisch härtesten 18 Wochen unseres Lebens gehört. Ich besuche sie allerdings ohne Angst sie nicht zu bestehen. Vielleicht auch, weil es gar keine Möglichkeit gibt sie nicht zu bestehen. Das kann es also auch nicht sein, ausser vielleicht bei meinem Freund, der sich für die Grenadierausbildung in Isone entschieden hat, welche man schlichtweg nicht mit meiner Ausbildung, in der grösstenteils demotivierte Rekruten mühsam zu faulen Übermittlungspionieren ausgebildet werden, vergleichen kann. Nein, ich bin hier, weil ich das Militär nicht scheuen wollte. Ich will die viel diskutierte und nicht selten belächelte Institution aus nächster Nähe kennenlernen und erleben, was mein Vater, mein Grossvater und bereits dessen Vater erlebt haben.

Tag 5

Heute werden unsere Gewehrmanipulationen inspiziert. Unser Milizkader ist deshalb ziemlich nervös. Das erste Mal seitdem ich hier bin, erkenne ich im Verhalten unserer Vorgesetzten eine gewisse Unsicherheit. Sie, die uns mehr oder weniger behandeln können, wie sie wollen, sind plötzlich auf uns, die Rekruten, angewiesen. Denn, wie wir bei der Inspektion abschneiden, schlägt sich auf die Bewertung unseres Zugführers und somit auch auf die unserer Wachtmeister, welche selbst gerne Zugführer werden möchten, nieder. Da treten sie nun wie Rekruten nervös und schweissgebadet ihren Vorgesetzten des Berufsmilitärs entgegen.

Für uns ist dieser Tag allerdings sehr langweilig. Immer wieder werden vier Rekruten gleichzeitig inspiziert, während der Rest unter der strahlenden Sommersonne warten muss. Ich frage meinen Nachbar, dessen Namensschild mir seinen Namen, G. Schneider, verrät: „Hey, kannst du die Manipulationen?" Er lacht mich an und erwidert: „Ja mehr oder weniger und du?"

Auch ich muss grinsen und entgegne: „Ja ja, hoffe es auf jeden Fall. Was machst du so im Zivilen?" So leite ich das Gespräch schnell in eine andere Richtung und er erwidert: „Ich habe eine Lehre als Mediamatiker gemacht und möchte nach dem Militär Eventmanagement an einer Fachhochschule studieren." „Das ist aber interessant. Aber momentan geht es der Branche nicht gerade gut.", sage ich. Darauf er: „Die Branche ist ohne Vitamin B sowieso schon sehr zäh und mit Corona weiss ich wirklich nicht, ob es eine so gute Idee ist." „Mhh, das wusste ich gar nicht.", antworte ich, bevor auch ich mich selbst genauer vorstelle.

Nach der durchaus erfolgreich abgeschlossenen Inspektion, beginnt nun die wöchentliche Kasernenreinigung, kurz WEB, was für Wiederherstellung der Einsatzbereitschaft steht. Wir müssen eine der ehemaligen Panzerhallen putzen. Mit einem mir noch unbekannten aber sympathisch wirkenden blonden Kameraden namens Gerber, der etwas grösser als ich und sehr sportlich ist, muss ich die Toiletten reinigen. Wir steigen eine Treppe hoch in den ersten Stock, auf dem sich die WCs befinden und suchen Reinigungsmittel. Diese Suche entpuppt sich allerdings als sehr schwierig. Als wir endlich fündig werden, geht das Putzen eigentlich sehr rasch und wir witzeln die ganze Zeit.

Heute ist Freitag und nun Nachmittag. Laut unserer ersten Planung treten wir in zwei Stunden ab. Doch das wird nicht der Fall sein. Meine Rekrutenschule ist in keiner Weise normal.

Am zweiten Tag wurden alle rund 300 Rekruten der Kaserne Auenfeld auf das Virus Sars-CoV-2, das Ende 2019 erstmals in der Grossstadt Wuhan in China identifiziert wurde und eine Variante des Coronavirus ist, getestet. Denn Anfang des Jahres hat das Virus Europa erreicht und eine Pandemie ausgelöst. Seither gab es einen mehrmonatigen „Lockdown" und auch das Militär hat seine Massnahmen getroffen. So mussten die Rekruten im Frühling sechs Wochen in der Kaserne verbringen. Uns wurde erst das erste Wochenende gestrichen. Demnach können wir noch auf einige Urlaube während der Rekrutenschule hoffen. Wir müssen immer eine Hygienemaske tragen, egal wann, egal wo. Nur zum Schlafen und zum Essen dürfen wir sie abnehmen. Zudem sollten wir immer mindestens 2 Meter, wenn nicht mehr Abstand möglich ist, zueinander halten. Während dem Ausgang darf man die Kaserne nicht mehr verlassen. Hier profitieren meine Kameraden und ich vom angrenzenden, für uns geöffneten Restaurant. Viele Ausbildungen müssen verändert oder ganz gestrichen werden. Immer wieder wird man auf das Händewaschen aufmerksam gemacht und es wurden zwischen unseren Betten Vorhänge montiert. Mit diesen Massnahmen will man die Ausbreitung des Virus innerhalb des Militärs verhindern. Rekruten mit Symptomen, Kontakt mit einer infizierten Person oder positivem Corona-Test, werden systematisch von der Truppe getrennt oder rücken gar nicht erst ein.

In Folge dessen bleiben wir heute hier und reisen nicht wie ursprünglich geplant nach Hause. Für mich ist das sehr belastend. Noch nie in meinem Leben habe ich eine so lange Woche erlebt, die mir so missfallen hat. Nichtsdestotrotz putzen wir auch heute unsere Kampfstiefel zeitaufwändig, ehe wir den Tag beenden und uns ins Bett legen dürfen.

Tag 8

Am heutigen Montag, nach einem freien Samstag und einer einsatzbezogenen Sofortausbildung im Bereich Sanität am Sonntag, werden wir heute das erste Mal in den KD-Boxen ein 30 Meter Schiessen erleben.

Mit unseren voll bepackten Kampfrucksäcken, Grundtrageeinheiten und natürlich unseren Gewehren beladen, laufen wir zu diesen KD-Boxen, wo wir bereits erwartet werden. Wir werden von unserem Zugführer instruiert, ehe wir uns in zwei Gruppen aufteilen. Die eine Hälfte, Gruppe A, darf sich auf einer sogenannten Drillpiste mit den verschiedenen Manipulationen genauer auseinandersetzen, während die andere Hälfte, Gruppe B, das erste Mal schiessen kann. Während der allgemeinen Grundausbildung, die nach sechs Wochen abgeschlossen wird, werden wir wöchentlich gut zwei Tage auf dem Schiessplatz verbringen.

Als Teil der Gruppe B, bereite ich mich auf meine erste Schiesslektion vor. Das heisst, nach einem kurzen Theorieeinschub meiner Wachtmeister teilen wir uns auf und spitzen unsere Magazine erstmals ab, was zumindest mir zu Beginn erhebliche Schwierigkeiten bereitet. Nun stehen wir in einer Reihe, tragen unseren Ohrschutz und haben unsere Waffen gesichert. Der Wachtmeister gibt uns einen klaren Befehl: „Wir schiessen das Programm A1, einmal fünf Schuss auf die F-Scheibe, Anschlagsart stehend!" Wir kontrollieren, ob wir über genügend Patronen verfügen und der Wachtmeister schreit: „Bereit?!" „Feuer!" Wir stellen uns ruhig und sicher hin, nehmen unsere Waffe hoch, zielen auf die Zielscheibe, entsichern unsere Sturmgewehre und legen unsere Zeigefinger an die Abzüge.

Die Patrone fliegt auf die Zielscheibe zu und trifft diese mit einer unvorstellbaren Wucht. Rohe Gewalt, mit der schon vor vielen Jahren Kriege geführt und entschieden wurden. Auch die Natur meldet sich zu Wort. Alles wird von dunkelgrauen Wolken bedeckt, als wende sich der hellblaue Himmel von uns ab.

Im Ernstfall steht vor meiner Visiervorrichtung keine F-Scheibe, sondern ein gegnerischer Soldat und ich weiss beim besten Willen nicht, ob ich bereit wäre abzudrücken. Ich bin überzeugt, dass es auch vielen anderen Rekruten, Soldaten und Offizieren so geht. Als

Angehöriger der Schweizer Armee rechnet man aber wohl kaum damit, eines Tages wirklich auf jemanden zu schiessen und so stehe auch ich hier und schiesse auf eine Scheibe, die im entferntesten Sinne einen Menschen repräsentieren soll. Nichtsdestotrotz müssen wir im Ernstfall bereit sein, Gewalt mit Gewalt zu unterbinden und Leben zu nehmen, um Leben zu retten.

Nach einem langen Tag auf dem Felde und einem einfachen Sandwich am Mittag nehmen wir, gemeinsam mit dem Einbrechen der Dämmerung, den Rückweg in die Kaserne auf uns, wo wir gemeinsam unsere Waffen putzen müssen. Ich baue mein Sturmgewehr erstmals auseinander, um es zu reinigen und wieder neu einzufetten. Der Geruch des Fettes vereinnahmt die sogenannten PD-Stände, wo wir unsere Ausrüstung, insbesondere unsere Kampfstiefel, täglich zu reinigen haben. Jeden Gewehrbestandteil müssen wir putzen und einen Teil den Wachtmeistern sauber vorweisen. Wir nehmen uns die Zeit bei jedem Zwischenschritt aufeinander zu warten. Da öfters auf mich gewartet werden muss, helfen mir meine Kameraden, wofür ich mich ein wenig schäme. Doch fühle ich mich seit Tag eins in einer gewissen Weise von meiner Demotivation gelähmt, was sich auch nicht legt als ich um zehn Uhr endlich in mein Bett fallen darf.

Tag 9

Ein neuer Tag bricht an und wir treten pünktlich und gefrühstückt um 06:45 Uhr zu unserem täglichen Antrittsverlesen an. Heute besuchen wir viele verschiedene Theorielektionen, worüber ich mich freue. Doch bevor wir diese Lektionen besuchen können, müssen wir lernen, wie man das pfeffersprayähnliche Reizsprühgerät 2000, kurz RSG, richtig einsetzt.

Anschliessend haben wir eine Einführung in die Zugsschule und eine Übungslektion. Wir lernen die Formation 4-er Kolonne und was der Befehl „Achtung rechts" bedeutet, um unter der stark scheinenden Sonne in unseren zu grossen Helmen sinnlos auf einem Platz herumzurennen. So beenden wir bereits nach einer halben Stunde schweissgebadet und erschöpft diese erste Lektion „Zugschule" und bereiten uns für den Vortrag des Truppenarztes vor.

Kurz vor dem Mittag geht es los. Die gesamte Kompanie findet sich in einem riesigen unterirdischen Saal wieder, wo der sympathische, sportliche und Vollbart tragende Truppenarzt Hofer, welchen ich später noch besser kennenlernen sollte, uns bereits erwartet. Er warnt uns vor den allgemeinen gesundheitsbedrohlichen Gefahren einer Rekrutenschule, empfiehlt uns, sich regelmässig mit Sonnencreme einzuschmieren, Impfungen unter anderem gegen Zecken nachzuholen und bei der Hitze, die diesen Sommer herrscht, genug zu trinken. Auch sollten wir mit dem Verwenden der präventiv wirkenden Blasenpflaster nicht zu sparsam umgehen, denn einer von unseren Kameraden befinde sich aufgrund seiner riesigen geplatzten Blasen immer noch im MZR, dem medizinischen Zentrum der Region.

Nach einem Mittagessen, das wir in ungefähr 20 Minuten zu uns nehmen, wobei schon 10 Minuten in das Anstehen investiert werden müssen, führt man uns wieder in den Theoriesaal, wo uns dieses Mal ein etwas älterer Seelsorger erwartet. Er erzählt uns, dass die Rekrutenschule manchmal auch eine mentale Belastung, die gemeinsam mit privaten Erlebnissen zu einer kaum tragbaren psychischen Last wird, sein kann. Für genau solche Fälle ist er oder besser der ganze psychologisch, pädagogische Dienst da. Nach diesem Vortrag erklärt uns unser Berufsoffizier Major Frei, wie man im Militär Weitermachen kann und dass es während den ersten 12 Wochen eine Kaderselektion geben wird. Das entfacht innerhalb unseres Zuges grosse Diskussionen, denn es gibt lediglich drei Rekruten, die gerne Wachtmeister werden möchten und bis zum Ende der Rekrutenschule werden acht Rekruten benötigt, die sich mehr oder weniger freiwillig bereiterklären, ein Wachtmeister zu werden. Von nun an wird es Gespräche mit einem Stabsadjudanten geben, der ermitteln soll, wen man als angehender Kader rekrutieren will. Wir selbst können uns nur als möglichst unattraktive Alternativen darstellen und so hoffen, unter dem höchst irrationalen Radar dieses Stabsadjudanten zu fliegen. Alle sind diesbezüglich total machtlos und dem Zufall ausgesetzt. Ein Grossteil der Rekruten versucht deshalb in keiner Weise aufzufallen. Das wiederum färbt sich auch auf die Zusammenarbeit und Leistung der Züge ab und so kommt es, dass vor allem auffällige und laute, ja fast vorlaute Rekruten ins Augenmerk des höheren Kaders fallen.

Einen vierten Vortrag gibt es heute auch noch. Uns wird unsere Aufgabe und die allgemeine Bedrohung der Schweiz vorgestellt und wir lernen, dass die Übermittlungspioniere der Führungsunterstützungsbasis unterstellt sind und für die Kommunikationssysteme der Armee verantwortlich sind. Wir sind plakativ ausgedrückt die Swisscom der Armee. Das ganze hinterlässt bei mir einen bleibenden Eindruck und in den nächsten 18 Wochen werde ich wohl viel zu lernen haben. So ist mein bisher angenehmster Nachmittag bereits am Ende angelangt und ich darf mich für meinen ersten Ausgang im Militär bereitmachen.

Nach einem Hauptverlesen, was nebst dem Ausgang auch den Alkoholkonsum einläutet, begebe ich mich mit drei Kameraden aus meinem Zimmer in das der Kaserne angrenzende Restaurant Kanönli, in dem man nochmals warme Mahlzeiten oder kühles Bier konsumieren kann. Wir entscheiden uns selbstverständlich alle für ein kühles Quöllfrisch, setzen uns an einen Tisch und lassen die letzten neun Tage Revue passieren. Mit dabei sind der Kamerad Noah Fischer, Lars Schmid und der etwas grössere und braunhaarige

Kevin Zürcher, dessen Grosseltern aus Italien stammen und der hier noch nie erwähnt wurde. Er ist ebenfalls 19 Jahre alt, ist Konstrukteur und möchte nach dem Militär gerne reisen gehen, ehe er Primarlehrer werden will. Wie er, besuchte auch ich die letzten Jahre immer das Frauenfeld Festival. Dieses befindet sich auf dem Waffenplatz Auenfeld, wo wir später ausgebildet werden. „Ja, die Festivals waren immer richtig geil!", pflichtet er mir bei. „Ich weiss noch genau, wie wir letztes Jahr Travis Scott abgefeiert haben." Wir beide scheinen grosse Fans zu sein. Unsere beiden anderen Kameraden haben einen etwas anderen Musikgeschmack und enthalten sich diesem Gespräch. Worüber wir aber alle sprechen können, ist der Fussball. „Was, du spielst in der zweiten Liga?!", wird Zürcher vom ehemals in der gemütlichen vierten Liga spielenden Fischer gefragt. „Ja, ich lebe für den Fussball.", so Zürcher. „Wenn nicht gerade das Festival vor der Tür steht.", wirft Schmid humorvoll ein. „In welcher Liga spielst denn du eigentlich?", fragt ihn der schmunzelnde Fischer. „Wir sind in der dritten Liga zu Hause, dort gibt es eine tolle Mischung zwischen Spielqualität und Spass.", so Schmid. Ich selbst spiele keinen Fussball, kenne jedoch die Regeln und verfolge von Zeit zu Zeit die Tabellen der besten Ligen Europas. Dementsprechend beantworte ich eine entsprechende Frage von Schmid mit: „Nein, Fussball ist nicht mein Sport. Ich spiele Handball." Wir reden noch lange weiter, über

Fussball, unsere Freunde, über das Militär und Allgemeineres. Ich fühle mich nicht mehr so alleine wie zu Beginn. Mit mir sind auch 36 andere Rekruten in dieser neuen Welt, in diesem Zug Meier gestrandet und nicht nur ich fühle mich verloren und gleichzeitig gefangen.

Tag 12

Nach mittlerweile zwölf Tagen in der Rekrutenschule gewöhnt man sich langsam aber sicher an den unangenehmen, bewusst nervenzermalmenden Alltag und es pendelt sich ein gewisser Lebensrhythmus ein. Jeden Morgen steht man früh auf, schafft Ordnung und macht sein Bett. Nach der Arbeit werden die Schuhe geputzt und während des Tages herrscht neben Ruhe und Ordnung auch Disziplin.

Am heutigen Nachmittag werde ich das erste Mal nach Hause gehen dürfen. Grund genug sich auch heute aus dem Bett zu stemmen und mich einen weiteren Tag durchzuschlagen.

Vorerst schleppen wir uns voll bepackt aufs Feld, um dort weiter unsere Gewehrmanipulationen zu perfektionieren. Man erkennt in unseren Reihen eine allgemeine Erleichterung und auch unsere Wachtmeister begegnen uns mit mehr Menschlichkeit. Alle – von Rekrut bis Kompaniekommandant – freuen sich auf den ersten Wochenendurlaub unserer Rekrutenschule, um Familie und Freunde endlich wiedersehen zu können.

Um nach Hause gehen zu können, müssen wir noch unsere Kaserne putzen. Diesmal muss mein Zug die Baracken reinigen, was schnell gemacht ist, sodass wir noch genug Zeit haben, um vor dem ersten Abtreten zu duschen und unsere Sachen zu packen. Zudem können wir unsere erhaltenen Pakete noch abholen – mir hat meine Grossmutter liebevoll ein „Fresspäckli" zusammengestellt. Ich freue mich über den Inhalt, der von Süssigkeiten bis zu getrockneten Früchten reicht, sehr. Schliesslich, stehen wir um 17 Uhr auf einem riesigen Platz, wo die Vorfreude auf unseren Urlaub förmlich zu spüren ist. Wir warten nur noch auf den entsprechenden Befehl unseres Kompaniekommandanten: „Sie haben Urlaub bis Sonntag 2300." Nach einem gemeinsamen „Merci", das auch von mir erleichtert und so laut wie möglich geschrien wird, laufen wir los. Zusammen mit Gerber, mit dem ich letzte Woche noch die Toiletten gereinigt habe und den ich seither besser kennenlernen durfte, reise ich nach Hause. Wir müssen beide mit dem Bus zum Bahnhof Frauenfeld, um dort anschliessend in den IC 8 Richtung Brig umzusteigen, den er an der Station Zürich Flughafen und ich bei der Station Bern verlasse. Gemeinsam sitzen wir in einem Zugsabteil und sprechen über die vergangenen zwei

Wochen. Als wir auf das bevorstehende Wochenende zu sprechen kommen, sage ich: „Ich weiss noch nicht genau, was ich alles machen werde, aber ich treffe mich sicher mit ganz vielen Freunden. Ich will einfach keine Zeit verschwenden, weil wer weiss schon, wann wir das nächste Mal nach Hause dürfen." Er pflichtet mir bei und entgegnet: „Ich habe mich am Samstag mit zwei Freunden verabredet. Heute Abend will ich noch in den Ausgang, das brauche ich mal wieder." „Nicht nur heute, auch Morgen steht Ausgang auf der Tagesordnung", sage ich ihm lachend. Wir beide freuen uns auf die kommenden zwei Tage und hoffen, wieder ein Stück Normalität zurückzugewinnen.

Nach einer zweistündigen Zugfahrt und drei Halten erreiche ich den Bahnhof Bern. Endlich zurück. Endlich wieder hier. Endlich wieder in Bern. In dieser Stadt bin ich aufgewachsen und ich geniesse es unheimlich, wieder zurück zu sein. Beim Kurzzeitparking auf dem Obergeschoss des Bahnhofs erwartet mich mein Vater. Er holt mich ab, damit ich schnellstmöglich zu Hause bin und wir mit der Familie gemeinsam essen können.

„Hallo Marc, wie geht es dir? Kann ich dir was abnehmen?" grüsst er mich. „Hallo Papi, ja mässig, ich freue mich endlich wieder zu Hause zu sein und dir?", erwidere ich und verstaue meine Taschen im Kofferraum, ehe ich mich auf den Beifahrerplatz setze. „Mir geht es gut, aber wir haben dich vermisst. Wenn wir heute zu Hause sind, gibt es Lachs mit Rahmsauce,

Reis und Karotten." „Mhh das klingt aber gut.", antworte ich. Wir fahren los. „Die Rekrutenschule ist ja ganz anders als ich es mir vorgestellt habe. Man hat kaum Zeit für sich, wird immer gestresst, die Vorgesetzten benehmen sich wie Arschlöcher und lustig ist es überhaupt nicht.", erzähle ich. „Ja das ist so. Das wird jetzt wohl die unangenehmste Zeit deines Lebens. Ich habe dir ja schon gesagt, dass das Militär Unsinn ist.", sagt er als ehemaliger Füsilier. Er war ein einfacher Infanteriesoldat und erinnert sich höchst ungern an seine unschöne Zeit im Militär. So verlassen wir die Stadt auf der Hauptstrasse in einem vertieften Gespräch und kommen nach gut fünfzehn Minuten zu Hause an.

Wir werden von meiner Mutter und meiner kleinen Schwester, die mittlerweile im letzten Jahr des Gymnasiums ist, bereits erwartet und man kann den guten Duft aus der Küche schon riechen. „Endlich wieder zu Hause!", denke ich und deponiere meine Taschen inklusive Kleidung in unserem kleinen Gästezimmer im Erdgeschoss. Meine Mutter und Schwester begrüssen mich jetzt und freuen sich unheimlich mich wieder zu sehen. Ich beschwere mich auch bei ihnen über meinen Dienst und erfahre, was bei uns zu Hause alles so passiert ist. Meine Briefe liegen auf meinem Schreibtisch und auf meinem Bett finde ich eine kleine Süssigkeit. Nach einem kurzen Aufenthalt in meinem Zimmer sortiere ich den Inhalt meiner Taschen. Grösstenteils ist es schmutzige Wäsche. Diese darf ich im Untergeschoss beim Waschraum deponieren, wo sie dann von meiner Mutter gewaschen wird, sodass ich mein Wochenende voll und ganz ausnutzen und geniessen kann.

Jetzt setze ich mich an unseren, von meiner Schwester liebevoll gedeckten, Esstisch und beginne von den ersten beiden Wochen der Rekrutenschule zu erzählen. Alle drei hören mir aufmerksam und neugierig zu. „Endlich wieder zu Hause!", denke ich erneut als mir mein Teller serviert wird und ich mein Lieblingsessen geniessen darf. Wir essen gemeinsam, unterhalten uns und ich geniesse meine Rückkehr in vollen Zügen. Meine Mutter hat sogar ein Dessert vorbereitet, nämlich eine spezielle Glace, dessen Rezept sie von ihrer Mutter kennt. Das ist nicht nur zufälligerweise mein Lieblingsdessert. Kurzum zu Hause werde ich verwöhnt. Meine Familie versucht alles, um mich heiter zu stimmen, sodass es mir wieder besser geht, denn der Militärdienst drückt stark auf mein Gemüt.

Nach zwei Wochen endlich wieder mal meine Freunde sehen und gemeinsam etwas trinken gehen. Das klingt so gut, dass ich dafür sogar auf meinen dringend benötigten Schlaf verzichte. Heute verlässt ein guter Freund seinen Ausbildungsbetrieb und feiert dies mit einem Apéro, ehe wir dann weiter in die Stadt zu anderen Freunden ziehen wollen. Ich selbst stosse später dazu, da mir das Essen mit meiner Familie sehr wichtig ist. Als ich eintreffe, erkenne ich bereits einige Freunde, schnappe mir ein Bier und geselle mich dazu. Auch ihnen erzähle ich von meinen Erfahrungen in der

Rekrutenschule, ehe ich zumindest für heute dieses Thema ruhen lassen kann. Später brechen wir in die Stadt auf, wo wir mit anderen Freunden verabredet sind. Auf einen Besuch im stadtbekannten Club Le Ciel verzichten wir aus epidemiologischen Gründen und lassen so die Möglichkeit, in diesem Jahr nochmals einen Club zu besuchen, verstreichen. Nichtsdestotrotz wird der Abend lustig und ich geniesse es voll und ganz, zurück in der zivilen Welt zu sein.

Tag 18

Mittlerweile bin ich zurück in der Rekrutenschule und habe schon fast wieder eine Woche überstanden. Heute Abend kann ich nach einer kurzen, aber anstrengenden Woche bereits am Donnerstag wieder nach Hause, denn ich habe einen Jokertag eingesetzt. Dieser erlaubt mir, 24 Stunden länger Urlaub zu geniessen. So werde ich die Kaserne bereits heute um 18 Uhr verlassen dürfen.

Doch ehe ich diese Woche vorzeitig beenden darf, muss ich meine erste Funktionsausbildung besuchen. Wie bereits erwähnt, werde ich ein Übermittlungspionier. In der Funktionsausbildung lernen wir verschiedene Antennen aufzubauen, unterschiedliche Funkgeräte aufzusetzen, mit Strom zu versorgen und Fernbetriebsanlagen aufzubauen und zu unterhalten, sodass wir ein flächendeckendes Funknetz aufbauen können. Zusätzlich müssen wir natürlich auch die verschiedenen Betriebsmodi unserer Funkgeräte verstehen und die Funksprache benutzen können.

Heute beschäftigen wir uns erstmal mit den absoluten Basics. Einerseits lernen wir das einfachste und kleinste Funkgerät, das SE-125, aufzusetzen, andererseits beschäftigen wir uns mit dem Kartenlesen und dem Nato-Alphabet. Das erste Mal sehe ich eine Fill-Gun, ein geheimer Datenträger, der als Verschlüsselungsinstrument fungiert, und ein Adressnetzplan, auf welchem alle Netzteilnehmer aufgelistet sein müssen. Beides darf man unter keinen Umständen verlieren oder weitergeben, denn es ist klassifiziertes Material.

Während den entsprechenden Theorieinputs schlafen, wie in allen anderen Theorielektionen auch, immer wieder Kameraden ein, nur um dann von unseren Wachtmeistern mehr oder weniger einfühlsam geweckt zu werden und den restlichen Teil der Lektion stehend zuzuhören. Auch mir fallen die Augen immer wieder zu, denn die knapp sechs Stunden, die wir täglich im Bett verbringen dürfen, reichen nur sehr knapp, um die energieraubenden Tage auszuhalten.

Auch wenn die Lektionen inhaltlich interessant scheinen, lässt die fehlende pädagogische Kompetenz unserer Wachtmeister unser Interesse an der Materie schnell verschwinden und man sitzt nur so da und wartet bis die Lektion beendet wird, um endlich Mittagessen und später dann endlich Abendessen zu können.

Ich allerdings verlasse die Truppe bereits vor dem Abendessen. Um halb fünf mache ich mich auf den Rückweg, damit ich mich in einer halben Stunde auf das Abtreten vorbereiten kann. So stehe ich unter der Dusche, als alle anderen noch in einer alten, mühsam stinkenden Lagerhalle Ausbildung haben. Diese verfrühte Abreise lässt aber erstmals einen kleinen inhaltlichen Rückstand gegenüber meinen Kameraden entstehen. Auch sonst gibt es ganz unterschiedliche Wissensstände. Während Kameraden, wie Gerber mit einer abgeschlossenen technischen Lehre inklusive Maturität, die Lektionen aufmerksam verfolgen, gelingt es Wirtschaftsgymnasiasten, wie Metzger, kaum etwas aus den Lektionen mitzunehmen.

Im Zug nach Bern bin ich so übermüdet, dass ich immer wieder kurz einschlafe und zwischenzeitlich einmal sogar vergesse, die Hygienemaske zu tragen. Mittlerweile gibt es auch in den öffentlichen Verkehrsmitteln der Schweiz eine allgemeine Maskenpflicht. Heute darf ich aber nicht müde sein. Ich habe frei genommen, damit ich die Geburtstagsparty meiner guten Freundin Hanna besuchen kann. Sie wird 20 Jahre alt, ist mit mir in das Gymnasium gegangen und wir haben vieles miteinander erlebt.

Der Zug kommt auch heute nach zwei Stunden in Bern an, wo mich auch dieses Mal mein Vater abholt und nach Hause bringt, wo ich etwas Kleines esse. Mit dem Velo fahre ich bis zu einem etwas abgelegenen, aber mit einem wundervollen Garten bestückten Grundstück der Aare entlang. Dort wird seit den frühen Abendstunden gebrätelt und gemeinsam Zeit verbracht. Als ich dazu stosse freut man sich sehr. Vor allem Hanna weiss es zu schätzen, dass ich mir freigenommen habe. Auch hier erzähle ich von meinen Erfahrungen nach gut drei Wochen im Militär und wie es mir noch immer stark missfällt.

Hier bin ich der erste der seinen Militärdienst absolviert. Allgemein haben ihn noch nicht viele meiner Freunde begonnen. Vielleicht wurde ich auch deshalb vom harschen Umgang mit den Rekruten so sehr überrascht. Viele wollen wissen: „Wie ist das Militär?", „Ist es schlimm?", „Gefällt es dir?". „Das Militär gefällt mir absolut nicht.", erkläre ich allen geduldig. „Jeden Tag wünsche ich mir bloss, zu Hause zu sein und studieren zu können, aber da muss ich jetzt wohl durch."

Tag 22

Mittlerweile habe ich mich einigermassen an die Rekrutenschule und ihren Rhythmus gewöhnt. Die Tage sind hart und lang, die Nächte einfach nur viel zu kurz. Doch nach meinem zweiten Wochenendurlaub erwartet mich ein ganz besonderer Tag.

Heute ist das Programm besonders physisch belastend. Wir beginnen den Tag mit einer Sportlektion. Erst joggen wir eine etwa zwanzigminütige Runde, ehe wir uns auf dem Sportplatz der Kaserne einem Kraftprogramm widmen. Anschliessend üben wir auf einem Feld der Kaserne Zwangsmittel richtig anzuwenden, wobei wir uns heute primär auf den Nahkampf konzentrieren. Wir lernen, wie man einen Gegner überwältigt, wie man kämpft und wie man jemanden mit Kabelbinder abführt.

Bevor wir essen dürfen, gibt es noch mit Helm und Waffe ausgerüstet eine Lektion Zugsschule, bei der wir nun Elemente wie Zurücktreten erlernen, deren hauptsächlicher Bestandteil das sinnlose Herumrennen ist. Schweissgebadet und demotiviert irren wir eine gute Stunde unter der strahlenden Sonne herum, ehe wir erschöpft unser Mittagessen zu uns nehmen dürfen.

Anstelle eines Theorienachmittags geht der Tag weiter, wie er begonnen hat. Wir wechseln unsere Kleidung wieder zurück in unser Tenü Sport und gehen zur Hindernisbahn, wo wir klettern, robben, balancieren und springen müssen. Der Spass hält sich, im Gegensatz zu meiner Erschöpfung, stark in Grenzen. Dennoch versuche ich bestmöglich mitzumachen. Doch als wir die Hindernisbahn, Rekrut nach Rekrut, absolvieren müssen, verletze ich mich nach einem fast 2 Meter tiefen Sprung im rechten Knie. Es gelingt mir zwar noch mich wieder hochzuziehen, doch die Schmerzen sind sehr stark und mein Knie kann ich kaum mehr belasten. Aus Sicht meines Zugführers ist das kein Grund, mich nicht mehr der Hindernisbahn zu widmen. So stemme ich mich auf und hinke die Bahn zu Ende.

Verletzt, erschöpft und müde kehren wir zurück in die Kaserne. Leider nur um wieder unsere Arbeitskleidung anzuziehen und unsere Packung umzuhängen. Jetzt gehen wir mit etwa 15 Kilogramm beladen auf die Hindernisbahn zurück. Ich hinke vorab und gebe mit meiner Verletzung das schleichend langsame Tempo vor. Da ich aber noch keinen Arzttermin hatte, habe ich keine Dispensation und das wiederum bedeutet, dass ich keine Programmerleichterung erhalte. Schleppend bewege ich mich von Hindernis zu Hindernis, nur um dort mit dem Gewehr zu manipulieren. Der Schmerz in meinem Knie lässt kaum nach und so hinke ich den wesentlich schnelleren Kameraden nach, um nicht negativ aufzufallen. Meinen Wachtmeister gefällt zwar nicht mein Schmerz, dafür aber, dass ich versuche alles mitzumachen und „durchbeisse".

44

Etwas abgelegen, erbrechen schon einige Kameraden, welche unter, der mittlerweile doch sehr grossen physische Belastung, leiden. Bei den Übermittlungspionieren sind kaum die fittesten oder sportlich motiviertesten Rekruten zu finden. Entsprechend halten einige Kameraden die physische Belastung kaum aus. Man kann von Glück sprechen, dass man aus der Ausbildung hier nicht aussortiert werden kann.

Das Finale des heutigen Tages hat aber noch gar nicht begonnen. Um dem Tag einen krönenden Abschluss zu verpassen, dürfen wir uns noch auf einer ABC-Drillpiste auspowern, wo wir unsere Schutzanzüge schnellstmöglich an- und ausziehen, gewisse Strecken mit Gasmaske abrennen und in Vollmontur verschiedene Nahkampfschläge ausüben müssen. Nach dieser Lektion sind wir alle erschöpft und ich muss jetzt schnellstmöglich zu einem Arztgesuch kommen.

Glücklich, dass wir heute nur noch unsere Schuhe putzen müssen, laufen wir zu unserer Baracke und nach der Putzeinlage kann ich beim Kommandoposten ein Arztgesuch abholen. Gleich nach dem Abendverlesen gebe ich es einem meiner Wachtmeister ab und lege mich von Schmerzen geplagt ins Bett.

Tag 29

Zahlreichen Unannehmlichkeiten konnte ich mich mit meinen Dispensationen entziehen und mit meiner Physiotherapie verpasse ich regelmässig die Funktionsausbildung, die mittlerweile viel ungemütlicher als die allgemeine Grundausbildung ist. Wir verbringen den grössten Teil der Ausbildung auf dem Feld, wo wir mit Grundtrageeinheit und Waffe beladen, unter Zeitdruck verschiedene Antennen aufstellen müssen. Dass ich gerade diese Ausbildungen verpasse, ist nicht nur dem Zufall geschuldet.

Heute scheint ein ganz normaler Tag zu sein. Wie jeden Morgen stehen wir auch heute auf dem Feld und üben verschiedene Kampfformationen, den Umgang mit Zwangsmitteln und wie man Fahrzeuge korrekt kontrolliert. In einer längeren Pause essen wir auf dem Feld. Dazu erhitzen wir mit einem Wasserkocher etwa einen halben Liter Wasser in unserem Feldbecher, um unser „Field Meal" zubereiten zu können. Das Wasser schütten wir dem getrockneten Mix, der bei mir Pasta mit Pesto darstellen soll, bei. Das Essen ist zwar nicht besonders gut aber auch nicht sonderlich schlecht.

Die Ausbildung beenden wir heute bereits gegen fünf Uhr. Nicht weil man uns mal einen freien Abend gönnen möchte, sondern damit wir um sieben Uhr unseren ersten Marsch antreten können. Diesbezüglich besuche ich heute Nachmittag auch den Truppenarzt Hofer. Wir besprechen die Frage, ob ich am Marsch teilnehmen kann. Mein Knie hat eine starke Prellung erfahren, sich aber seither gut erholt und laufen kann ich wieder problemlos. Dazu kommt, dass der Truppenarzt mir erzählt, dass Märsche zwar hart sind, doch gleichzeitig die Kameradschaft fördern. Er erzählt mir von seiner Offiziersschule und dass sie aufgrund ihrer verkürzten Offiziersschule zum Truppenarzt keinen 100 Kilometer Marsch machen konnten. Auch auf Nachfrage wurde ihnen diese physische Herausforderung verwehrt. Das bedauern grundsätzlich alle seine Kameraden. Eigentlich hat er Recht. Ein Marsch verschweisst einen Zug viel mehr miteinander als ein langer mühsamer Tag auf dem Feld und zudem will ich mich nicht, wie viele andere Rekruten, vor den Märschen drücken. So verlasse ich den Truppenarzt erstmals wieder ohne Dispensation, dafür mit ein wenig Vorfreude auf meinen ersten Marsch.

Obwohl wir nur etwa 15 Kilometer laufen müssen, ist der erste Marsch ziemlich hart. Niemand von uns Rekruten hat die komplette Packung schon einmal so lange am Stück getragen. So befolgen wir brav die Empfehlungen unserer Wachtmeister bezüglich der Packung und Vorbereitung. Um sieben Uhr stehen wir nun, mit Packungen fast grösser als wir selbst, da. Schlafsack, Regenschutz und Waffe gehören selbstverständlich auch zur über 15 Kilogramm schweren Packung.

Den Befehl zum Abmarsch erhalten wir etwas nach sieben Uhr. Wir laufen los. Rekrut hinter Rekrut. Jeder sieht nur die Silhouette des Rekruten vor sich. Jeder macht ein Schritt nach dem anderen und setzt einen Fuss vor den anderen. In einer Zweierkolonne und von unseren Wachtmeistern umgeben laufen wir und wir laufen. Die einzelnen jungen Männer sind schwer zu erkennen. Es ist der Zug Meier, welcher durch das Naturschutzgebiet Auenfeld marschiert und nicht die Freunde Fischer, Gerber, Schmid, Zürcher und ich, die hier gemeinsam spazieren. Hier werden wir nicht als Individuen wahrgenommen. Wir sind alle gleichgestellt. Rekruten die alle geformt und ausgebildet, militärisch erzogen und trainiert werden müssen.

In unserer Gesellschaft wird das Individuum immer weiter in den Vordergrund geschoben, sodass Lösungen und Angebote immer mehr auf uns zugeschnitten werden und es immer seltener allgemeine Lösungsansätze gibt. Gleichzeitig werden hier im Militär alle gleich ausgerüstet, gleich behandelt und müssen gleichen Anforderungen entsprechen. Auf persönliche Probleme kann und wird kaum Rücksicht genommen.

Wir laufen immer noch. Wir erreichen nach fast drei Stunden endlich das Ziel. Meine linke Schulter schmerzt von der zusätzlichen Belastung und an meinem Fuss hat sich eine Blase gebildet. Dazu kommt, dass mein grosser Zeh jetzt taub ist. Kurzum: Der Marsch war sehr kräftezehrend, dennoch habe ich ein gutes Gefühl ihn absolviert zu haben.

Jetzt sind wir in der grossen Mehrzweckhalle, in der uns Hot Dogs und Bananen serviert werden. Doch in den Feierabend werden wir noch nicht entlassen. Erst müssen wir noch unsere Gewehre und Kampfstiefel putzen, weshalb wir auch unsere Turnschuhe den ganzen Weg mitgetragen haben. Das raubt auch mir die letzte Kraft und so können wir uns um elf Uhr nach einem sehr strengen Tag endlich ins Bett legen.

Tag 30

Heute fällt uns das Aufstehen besonders schwer. Einerseits, weil der gestrige Tag und der Marsch sehr anstrengend waren und andererseits, weil wir nur gut fünfeinhalb Stunden schlafen konnten. Dementsprechend stramm stehen wir heute am Antrittsverlesen und entsprechend schleppend marschieren wir zu den Schiessboxen, wo wir heute nebst dem 30-Meter-Schiessen, verschiedene Instrumente wie das Nachtsichtgerät kennenlernen und uns auf einer Drillpiste wieder einmal mit der ABC-Abwehr auseinandersetzen können. Bereits auf dem Weg zum Frühstück bricht ein Kamerad zusammen und über den ganzen Tag hinweg müssen ganze sieben Rekruten die heutige Ausbildung abbrechen und sich mühsam zurück auf ihr Zimmer schleppen. Dass so viele Kameraden zusammenbrechen, geschah bei uns noch nie. Die Idee uns einen Tag nach dem ersten Marsch wieder auf eine Drillpiste zu schicken, bleibt für mich allerdings etwas unverständlich und auch mein Körper und vor allem meine Füsse mit der mittlerweile geplatzten Blase melden sich am heutigen Tag zu Wort. Langsam bin ich am Ende meiner Kräfte und sehne mich bereits an diesem Dienstag nach Hause, wo ich aber erst nächsten Freitag sein darf.

Nichtsdestotrotz setze ich, wie der Grossteil meiner Kameraden, das Programm fort und falle am Abend erschöpft ins Bett. Auch wenn es mir hier nicht gefällt, ist es toll meine Kameraden kennenzulernen. Sie sind alle sehr interessante Leute und haben viel zu erzählen. Auch wenn ich hier nicht alle erwähnen kann, sind sie mir in dieser doch sehr kurzen Zeit schon ein wenig ans Herzen gewachsen, denn die Ausbildung meistern wir gemeinsam.

Während wir am Nachmittag im Umgang mit Zwangsmitteln geschult werden, hält der Stabsadjudant seine Gespräche ab. Jeder Rekrut hat ein Gespräch mit ihm, damit dieser einen Überblick über die verschiedenen Charaktere seiner Kompanie hat und sein nächstes Kader zusammenstellen kann. Ich besuche das Gespräch relativ früh, weil es mich sehr nervös macht. Nach einigen allgemeinen Fragen zu meinen Tätigkeiten im Zivilen und meinem bisherigen Werdegang, stellt er noch einige offene Fragen, wie: „Was machen Sie, wenn etwas beim ersten Versuch scheitert?" oder „Wo sehen Sie sich in fünf Jahren?". Ich erkläre ihm, dass ich sehr schnell frustriert sei und mich komplett quer stelle, wenn etwas nicht funktionieren will und in fünf Jahren nichts mehr mit dem Militär zu tun haben wolle, weshalb ich auch das Durchdiener-Modell gewählt hätte. Ich hoffe so, als möglichst unattraktiver Kandidat aufzutreten. Wir sprechen noch über viele weitere Punkte und er erklärt mir ein Modell, nach welchem ich den Wachtmeister durchdienen kann und das Militär früher verlassen darf, um ein wenig verspätet Ende September zu studieren. Das missfällt mir aber und er scheint meine Einstellung zu verstehen. Ob meine Antworten die Richtigen waren und ob er mich als Wachtmeister rekrutieren will, erfahre ich im Verlauf der nächsten Wochen.

Tag 38

„Beim Tränengastest zieht in meiner Gruppe jeder die Gasmaske aus, ist mir scheissegal, ob ich das nicht zu bestimmen habe.", erklärt uns ausgerechnet der Wachtmeister, der später zum Leutnant und somit auch zum Zugführer werden sollte. Mich persönlich reizt es nicht, die Wirkung des so bekannten Tränengases am eigenen Leib zu erfahren. Dennoch stehe ich am heutigen Nachmittag in der Gruppe und melde mich nicht, um der leeren Drohung meines Wachtmeisters zu entgehen. Es ist nicht der blinde Gehorsam, der mich hier zum Tränengastest zwingt, sondern vielmehr der Gruppendruck. Ich will nicht der einzige Rekrut sein, der an diesem sehr unangenehmen Erlebnis nicht teilnimmt.

So stehe ich dicht gedrängt mit rund zehn Kameraden und einem Wachtmeister in einer Scheune. Vorerst tragen wir noch unsere Schutzmasken und Schutzanzüge und der Wachtmeister zündet eine Tränengaskerze an. Unser Körper reagiert noch nicht mit dem Reizstoff. Doch in einem zweiten Schritt erhalten wir den Befehl, die Maske auszuziehen und einmal einzuatmen, ehe wir die kleine Scheune verlassen.

Nach dem Ausziehen der Schutzmaske reagiert mein Körper sofort mit dem Reizstoff. Bei mir greift er die Lunge an, sodass ich die Scheune schlagartig verlasse, meine Schutzmaske rücksichtslos auf den Boden schmettere und einige Schritte später selbst zu Boden gehe. Die Schmerzen in der Lunge sind fürchterlich und für mehrere Minuten liege ich auf dem Kiesboden und mir laufen die Tränen über das Gesicht. Ich befolge den Tipp meiner Wachtmeister Wasser zu trinken, was ich weder schmecken kann noch eine kühlende Funktion zu haben scheint. Es fühlt sich an als würde meine Lunge glühen und für einen Moment glaube ich nicht, dass dies zeitnah nachlassen wird.

Nach einigen Minuten nimmt der Schmerz oder besser das Lungenbrennen endlich ab und ich werde von meinem Wachtmeister aufgefordert aufzustehen, meine Schutzmaske wieder anzuziehen und mich auf den halbstündigen ABC-Marsch in Schutzanzug und bei gut 30 Grad vorzubereiten. Wir müssen immer wieder Hindernisse überwinden und ich denke mir, wenn ich in der Rekrutenschule einmal zusammenbrechen sollte, dann wird es auf diesem Marsch sein. Meine Lunge brennt immer noch und das Atmen bereitet mir unter der Schutzmaske grosse Mühe. Ironischerweise kann ich die Frage, ob und wie fest Tränengas in den Augen brennt, nicht beantworten, denn da meine Lunge so stark schmerzte, konnte ich mich auf keine weiteren Beschwerden meines Körpers konzentrieren.

Die Schiessausbildung am Morgen bleibt dennoch erwähnenswert, denn wir lernen, wie wir auf der Wache reagieren müssen und auf welche Teile des Körpers man zielen muss. Ich muss gestehen, dass mir das Schiessen nicht besonders viel Freude macht. Ich kann mir kaum vorstellen, im Ernstfall wirklich auf jemanden zu schiessen und der Schiesssport an sich begeistert mich nicht. So bin ich froh, dass wir Übermittlungspioniere sind und nicht allzu oft schiessen müssen.

Am Abend bleibe ich in der Kaserne und verzichte freiwillig auf den Ausgang. Wieder einmal kann man sich im benachbarten Restaurant ein Bier genehmigen, was sich ein Grossteil unseres Zuges nicht entgehen lässt. Nur eine Handvoll Kameraden geht in die Zimmer und beschäftigt sich dort mit einem Buch oder ihrem Handy. Ich schliesse mich aber keiner der beiden Gruppen an, sondern suche mir einen ruhigen Platz in der Kaserne, um zu telefonieren. Erst melde ich mich wieder mal bei meinen Eltern, ehe ich mit Hanna den restlichen Abend auf „Face-Time" verbringe. Seitdem wir im Gymnasium nicht mehr Präsenzunterricht haben, telefonieren wir regelmässig und tauschen Geschichten aus. Ich nehme mir im Ausgang immer gerne Zeit, um sie anzurufen. „Gefällt es dir mittlerweile besser?", fragt sie neugierig. „Ja, ich habe mich langsam ein wenig an alles hier gewöhnt, aber es gefällt mir immer noch nicht", antworte ich. „Es passieren immer wieder lustige und dumme Sachen und ich lerne tolle Kameraden kennen. Trotzdem fühle ich mich unterm Strich nicht wohl und eingesperrt.". Sie pflichtet mir bei und hört meinen Geschichten aus dem Militär aufmerksam zu, ehe sie mir von ihrer Zeit in der zivilen

Welt und dem kommenden Jurastudium an der Universität Bern erzählt, worauf sie sich sehr freue. Ich freue mich, heute jemand aus meiner Heimat gehört zu haben und bereite mich auf die kommende Nachtruhe vor.

Tag 44

04:45 Uhr zeigt mir meine digitale Sportuhr an, als wir von unserem Zugführer geweckt werden und wir fünfzehn Minuten Zeit erhalten, um unsere Sportkleidung anzuziehen und uns vor der Baracke einzureihen. Was soll denn das? Das Tagesprogramm ist schon anstrengend genug, warum jetzt noch um fünf Uhr Sport? Die Antwort ist leicht.

Gestern gab es die Zugsinspektion. Der Major Frei, das ist der Vorgesetzte unseres Kompaniekommandanten, hat uns und unsere Zugsschule begutachtet. Wir laufen zwar im Gleichschritt und unsere Ausrüstung sitzt und ist komplett, aber unsere Haltung lässt zu wünschen übrig. Dem Major missfällt sie sogar so sehr, dass wir dafür die schlechtmöglichste Note erhalten, nämlich eine eins. Nach einer kurzen, aber wirkungsvollen Schreieinlage des Zugführers gestern, hat sich dieser zurückgezogen.

So laufen oder besser sprinten wir jetzt auf dem ehemaligen Waschplatz der Panzer, die früher diese Strassen befuhren, hin und her, bis wir in zwei Gruppen aufgeteilt werden und laufen gehen. In der Morgendämmerung kann man den Boden unter den Füssen kaum erkennen und das Tempo ist heute sehr stark angezogen. Nach einer Runde auf dem Waffenplatz, versammeln wir uns erstmal wieder, trinken einen Schluck Wasser und der Zugführer erklärt uns, dass diese Sportlektion keine Strafe sei, sondern wir einmal eine Trainingseinheit ausfallen liessen und sie nun heute Morgen nachholen müssten. „Denkt der, dass wir dumm sind", fragt mich Gerber und ich antworte kopfschüttelnd: „Ja, es ist nur zufälligerweise so, dass jetzt Viertel nach fünf ist und wir gestern die Inspektion vergeigt haben."

Die Morgenroutine wird erheblich verkürzt und wir haben kaum genügend Zeit, um zu duschen, ehe wir frühstücken und mit voller Packung beim Antrittsverlesen stehen müssen. Heute lernen wir die wichtigste und grösste Antenne kennen, nämlich die Breitbandantenne-240. Sie ist die leistungsfähigste Antenne der Armee und kann ein über 200 Kilometer grosses Netz aufbauen. Doch der Aufbau dieser Antenne ist relativ mühsam und zeitaufwändig. In den entsprechenden Lektionen bauen wir sie auf und wieder ab und auf und wieder ab. Die Zeit vergeht kaum und von der Hitze und der unnötigen Ausrüstung geplagt, stehen wir schweissgebadet auf dem Feld und warten bloss noch auf die nächste Pause.

Heute steht nur eine Hälfte unseres Zuges auf dem Feld. Der Rest beschäftigt sich in einem Theoriezimmer mit dem dazugehörigen Funkgerät. Morgen werden diese zwei Gruppen ausgetauscht.

Am Nachmittag besuche ich die Physiotherapie, bei der es mir heute besonders schwer fällt nicht einzuschlafen. Wie immer werde ich begrüsst und nehme Platz. Während ich dort liege, macht der Therapeut verschiedene Übungen mit meinem Knie und erzählt mir, dass er in der niederländischen Armee als Feldweibel diente. Wir diskutieren ein wenig über den Sinn und Unsinn des Militärdiensts und zum Schluss zeigt er mir neue Dehnübungen. Diese eigentlich einstündige Therapie nimmt insgesamt drei Stunden in Anspruch und somit verpasse ich, ganz zu meiner Freude, fast den ganzen Nachmittag Funktionsausbildung auf dem Feld.

Tag 46

Die Tage im Militär sind lang und hart. Noch länger werden sie, wenn man in die Fassmannschaft abkommandiert wird. Um fünf Uhr morgens müssen wir aufstehen, damit wir um viertel nach fünf in der Küche aufkreuzen und das Frühstück bereits um halb sechs verteilen können. Insgesamt gibt es täglich über 600 Angehörige der Armee zu verpflegen, wofür es ein Küchenteam von etwa sechs Mann mit einem Küchenchef gibt. Sie werden durch die gut zehnköpfige Fassmannschaft, die für das Schöpfen, das Abwaschen und das Putzen der Küche verantwortlich ist, unterstützt. Das Frühstück wird während drei Stunden angeboten, damit sich gleich vier verschiedene Kompanien unter Einhaltung der Corona-Regeln verpflegen können. Als um neun Uhr auch die Zeitspanne der letzten Kompanie endet, gibt es noch sehr viel abzuwaschen. Mit vier kleineren industriellen Abwaschmaschinen für Tablars, Teller, Gläser und Besteck und einer grösseren für grössere Eimer, grosse Schöpflöffel und Sonstiges waschen wir fleissig ab. Zudem desinfizieren wir alle Tische und helfen der Küchenmannschaft, das Mittagessen vorzubereiten.

Ehe wir uns versehen, gilt es auch schon das Mittagessen zu verspeisen und anschliessend mit der Verteilung zu beginnen. Während drei Stunden verteilen wir an alle, vom Zeitstress geplagten Rekruten die Mittagsration, damit sie am Nachmittag weiter auf dem Feld durchharren können. Weiter müssen wir jetzt wieder abwaschen und desinfizieren. Wir müssen die ganze Küche erstmals sauber putzen, ehe wir für eine Stunde auf unser Zimmer gehen dürfen.

Das permanente Arbeiten verdrängt in einer gewissen Weise die Müdigkeit, die einen in dieser Pause wieder heimsucht. Alle liegen in ihren Betten und versuchen, wenn auch nur kurz, ihre Augen zu schliessen. Auch mir gelingt es, für eine gute halbe Stunde zu schlafen, ehe wir um halb fünf wieder in der Küche aufkreuzen müssen. Dort essen wir kurz etwas, bevor wir für drei Stunden Abendessen verteilen und abwaschen. Da der Tag nun zu Ende ist, müssen wir die gesamte Küche putzen.

Später wird alles von einem Vorgesetzten des Küchenchefs inspiziert. Da wir bereits um halb zehn fertig sind, entscheidet der Quartiermeister, ein spezieller Leutnant, der für logistische Belangen verantwortlich ist, dass wir noch den Dreck aus den Kommoden der Küche kratzen müssen. Mühsam und angeekelt nehmen wir uns dieser letzten Aufgabe an, sodass wir bereits um zehn Uhr die Küche schliessen können. Da der Küchenchef mit unserer Leistung sehr zufrieden ist, gibt er jedem von uns ein Eis mit. Das gefällt uns sehr und wir lassen es uns nicht nehmen, sie bereits auf unserem Rückweg zu geniessen. Da die Arbeitstage in der Fassmannschaft über 15 Stunden dauern, wird uns zumindest der Schuhparkdienst erspart.

Gleichzeitig wird unser Zug bezüglich der allgemeinen Grundausbildung inspiziert. An dieser Inspektion nehmen nur zwei Drittel unseres Zuges teil. Es wird inspiziert, wie man auf atomare, biologische oder chemische Gefahren reagiert, wie man am Gewehr manipuliert und wie man Zwangsmittel auf der Wache richtig anwendet.

Die Aufteilung für die Fassmannschaft wurde deshalb ein Tag vor den Inspektionen nochmals überarbeitet und wohl nicht nur zufällig sind jetzt nur noch leistungsschwächere, unaufmerksame und demotivierte Rekruten eingeteilt. Genau dieses Drittel hätte jedoch inspiziert werden sollen, um die Fertigkeiten des ganzen Zuges realitätstreu bewerten zu können. So stellt sich mir die Frage, ob eine solche Inspektion überhaupt Sinn ergibt. Auf jeden Fall ist die Bewertung zufriedenstellend und so werden wir wieder Freitagabend nach Hause entlassen werden. Anders der Zug 2, dieser besteht die Inspektion nicht und wird sie kommenden Samstag nachholen müssen.

Tag 53

Mit einer Splitterschutzweste, meinem Sturmgewehr und einem RSG 2000 bewaffnet, stehe ich seit Schichtbeginn am Eingangstor der Kaserne Auenfeld. Heute bin ich gemeinsam mit elf Kameraden für die Sicherheit des Waffenplatzes verantwortlich. Dazu sitze ich in einem kleineren Kontrollhaus, bediene die Barrieren und kontrolliere alle Fahrzeugführer ohne militärische Nummernschilder. Ein Kamerad steht am kleineren Eingangstor, um dort die Fussgänger zu kontrollieren und mir im Ernstfall Rückendeckung zu geben. Zwei weitere Kameraden gehören der Reserve an und vergnügen sich mit dem Fernsehprogramm von ProSieben, während ein anderer Kamerad, von einem angenehmen Sitzplatz im Wachtlokal aus, alle durchfahrenden Fahrzeuge notiert. Der wichtigste Mann ist aber der Wachkommandant, unser Wachtmeister. Er entscheidet letztendlich bei Unklarheiten und ist für den Betrieb der Wache verantwortlich. Während wir Schicht haben, geniesst die andere Hälfte der Wachmannschaft ihre Ruhezeit und schläft im Ruhezimmer.

Die Schichten sind so aufgeteilt, dass man jeweils sechs Stunden Schicht hat und anschliessend sechs Stunden Ruhezeit geniessen kann. Das wiederholt sich immer weiter, bis es eine Wachablösung gibt. Deshalb schläft man jeweils in zwei kürzeren Blöcken an etwa vier Stunden, was etwas mühsam ist.

Obwohl man bewaffnet, manchmal sogar mit unterladenem Sturmgewehr, an einem Eingangstor steht, ist man praktisch von jeglichen Ereignissen ausgeschlossen und wartet bis die Schicht vorbei ist.

Eigentlich muss und kann man über die Wache kaum mehr erzählen. Zu Beginn unserer Rekrutenschule mussten wir einen Test über den Wachtdienst ablegen, um überhaupt zugelassen zu werden. Da diesen kaum jemand bestand, entschieden sich unsere Vorgesetzten uns einfach die Lösungen zu diktieren, um nicht noch mehr Zeit diesbezüglich zu verlieren. Immerhin haben ihn so beim zweiten Anlauf alle bestanden. Seither ist die Wache eine Nebensache und man freut sich, wenn man ein paar Tage dort verbringen darf und praktisch nichts tun muss.

Die Bedeutung des heutigen Tages geht allerdings weit über den Wachdienst hinaus. Denn heute entscheidet sich, wer Wachtmeister wird. Im Verlauf des Tages werden sieben Kameraden erneut zu Gesprächen mit dem Stabsadjudanten beordert. Darunter sind mit Gerber und Zürcher auch zwei meiner besten Kameraden zu finden. Es gefällt ihnen nicht, dass sie ein halbes Jahr länger im Militär bleiben müssen.

Ich bin froh, dass ich nicht Weitermachen muss und bemitleide meine Kameraden. In den letzten Wochen hat sich herauskristallisiert, wer eigentlich Wachtmeister werden will und wen die Berufsmilitärs zwingen wollen oder überreden können.

Tag 65

„Verdammte Scheisse!", das geht wohl jedem von uns durch den Kopf, als wir um drei Uhr geweckt werden und mit unserer kompletten Packung bereits um drei Uhr dreissig bereitstehen müssen. Heute geht es auf unseren zweiten Marsch und um den heissen Mittagstunden aus dem Weg zu gehen, beginnen wir ihn bereits in dieser Frühe. Wir verlassen Frauenfeld und fahren nach Stein am Rhein. Dieses kleine wunderschöne Dorf markiert um vier Uhr dreissig den Startpunkt unseres Marsches. Den ersten Marsch haben alle Rekruten unseres Zuges absolviert, worauf unser Zugführer sehr stolz ist. Heute fehlt etwas mehr als ein Viertel, der in der Fahrausbildung ist. Nichtsdestotrotz laufen wir ihn als Einheit.

In den dunklen Morgenstunden kämpfen wir uns mühsam durch verwilderte Wege und über kleine Hügel. Wir laufen und laufen. Wir laufen viel länger als das letzte Mal, was dazu führt, dass wir unsere Formation aufgeben und sogar Musik hören. Da es von unseren Wachtmeistern und dem Zugführer keinerlei Einwände gibt, behalten wir dies bis zum Ende bei. Interessanterweise haben wir ein Funkgerät und eine Antenne dabei. Wahrscheinlich für den Fall, dass wir zwischenzeitlich nochmal stoppen wollen und uns entscheiden, eine Antenne aufzustellen. Kameradschaftlich teilen wir diese zusätzlichen 20 Kilogramm Last unter uns auf. Auch wenn sich das Tempo im letzten

Abschnitt erheblich verlangsamt, können wir stolz sagen, dass unser Zug den Marsch ohne Abbrüche absolviert hat.

Dieses Mal habe ich mich vorbereitet und meinen Fuss präventiv mit einem Blasenpflaster versehen. Doch den physischen Beschwerden kann ich dennoch nicht entgehen. Meine Blasenpflaster sind so verrutscht, dass sich eine Blase gebildet hat.

Hier stehen wir nun, nach gut fünf Stunden und 40 Minuten, von den Folgen dieses Marsches gequält. Die Schultern schmerzen auch dieses Mal und wir sind erschöpft und wollen uns nur noch hinlegen.

Bevor aber auch ich mich unter die Dusche stelle, will ich noch einen guten Freund anrufen. Paul hat heute Geburtstag und ich will ihm gratulieren. Gleich nach dem ersten Klingeln nimmt er ab und ich gratuliere ihm ganz herzlich. Ich erzähle ihm, dass ich seinen 20. Geburtstag wohl nie mehr vergessen werde. Er freut sich über meinen Anruf, bedankt sich und ich freue mich darauf, ihn am kommenden Wochenende wiederzusehen und seinen Geburtstag nachzufeiern.

Nach einer verlängerten Mittagspause von gut vier Stunden müssen wir die unangenehme Packung nochmals umhängen, um zu einem 300-Meter-Stand zu fahren und dort nochmals das 300-Meter-Schiessen zu trainieren. Niemand freut sich und kaum jemand versteht, warum das ausgerechnet heute sein müsse. Dennoch verlassen alle die Fahrzeuge, stellen ihre Waffen richtig ein und lassen sie kontrollieren. Wir reihen uns auch dieses Mal ein und besetzen die Schiessplätze. Nach einem Schiessprogramm, bei dem nicht nur ich fast einschlafe und kaum etwas getroffen wird, können wir dieses mitleiderregende Schiesstraining beenden. Uns erwartet nur noch das Abendessen und der Schuhparkdienst, ehe das Tagesprogramm zu Ende geht und wir in den verdienten Ausgang entlassen werden, welchen neben mir auch viele andere Kameraden in ihrem Bett verbringen.

Tag 71

Ein neuer Teil meiner Ausbildung beginnt. Ich bin nicht nur Übermittlungspionier, sondern auch Fahrer Kategorie C1E, was so viel wie schwere Fahrzeuge mit Anhänger heisst. Das Militär gibt mir die Möglichkeit, eine dreiwöchige Ausbildung zu besuchen und die entsprechende Prüfung abzulegen. Während dieser Zeit werden wir von Fachlehrern unterrichtet und von zwei Wachtmeistern begleitet.

Den ganzen Morgen fassen wir neue Reglemente, deren Ziel es ist, das militärische Fahren aufzuklären und füllen Formulare und Einwilligungen aus, sodass wir nun an einen Computer sitzen können und uns mit der

Verordnung über den militärischen Strassenverkehr vertraut machen. In zwei Stunden E-Learning können wir uns auf eine Lernkontrolle vorbereiten, deren Bestehen Voraussetzung für die Teilnahme an der Ausbildung ist.

Alle Kameraden bestehen diesen Test spätestens beim zweiten Versuch und sitzen deshalb nun in einer Mehrzweckhalle neben verschiedenen militärischen Fahrzeugen. Umgangssprachlich nennen wir sie im Militär Duro, Sprinter und G-Klasse. Der Duro wird für den Material- und Personentransport verwendet und kann ganze 18 Personen und entsprechend viel Gewicht transportieren. Der Sprinter bietet Platz für 10 Personen und wird primär für den Personentransport eingesetzt. Mit der G-Klasse von Mercedes-Benz können nur vier Personen transportiert werden, weshalb man dieses Fahrzeug jeweils dem Kader zuteilt. Nach einer gemütlichen und überraschend langen eineinhalbstündigen Pause, lernen wir den ganzen Nachmittag diese drei Fahrzeuge und die zwei Anhängervarianten, alt und neu, kennen, wie sie ausgerüstet sind und wie man sie putzt. Später können wir mit allen drei Fahrzeugen eine kleine Runde auf dem Kasernengelände fahren.

Die Ausbildung zum Fahrzeugführer unterscheidet sich in allen wesentlichen Merkmalen von einer normalen Rekrutenschule. Die Atmosphäre ist viel lockerer, es wird auf Drill und Stress verzichtet, wir können viel selbstständiger handeln, länger schlafen und haben nach dem Abendessen meistens frei. Obwohl man immer noch das militärische Tenü trägt, in einer Kaserne schläft und isst und militärische Vorschriften zu befolgen hat, gefällt mir dieser erste Tag der Fahrausbildung sehr.

Nach diesem ersten Tag, der als allgemeine Einführung in die Fahrausbildung dient, schliessen wir den Nachmittag und somit überraschenderweise bereits den ganzen Tag ab. Die Möglichkeit, den Abend täglich nach individuellen Wünschen und Interessen zu gestalten, weiss ich sehr zu schätzen und geniesse ich in vollen Zügen. Ich widme die Zeit den restlichen Kapiteln meines Buches „A farewell to arms".

Tag 80

Gerade kontrolliere ich meinen Duro inklusive Anhänger, um an der heutigen Tagesfahrschule teilzunehmen. Heute verbringen wir den ganzen Tag auf der Strasse, wo wir das Fahren mit Duro und Anhänger verinnerlichen sollen. Wir fahren eine interessante Route quer durch die Ostschweiz. Während sich der Fahrer auf die Strasse konzentrieren muss, ist es die Aufgabe des Beifahrers zu navigieren. Dazu sind wir auch immer zu zweit. Ich bilde mit Karl Keller, einem sympathischen und motivierten Kameraden aus meinem Zug, der Informatiker gelernt hat, eine Zweiergruppe, kurz ein Binom. Wir setzen uns in den Duro und beginnen diese spannende Fahrt.

Ungefähr stündlich erreichen wir einen Zwischenhalt und wechseln den Fahrersitz. Die Wachtmeister und manchmal auch ein Fachlehrer erwarten uns dort und überprüfen unser Wohlbefinden. Dann fahren wir wieder weiter, bis wir uns beim siebten Halt wieder in der Kaserne befinden.

Am späteren Nachmittag beginnt unsere Beförderung und es verteilen sich alle 150 Rekruten unserer Kompanie um unseren Kompaniekommandanten, den Oberleutnant Huber, herum und hören ihm aufmerksam zu. Einen Rekruten nach dem anderen ruft er zu sich, um diesen zu befördern.

Etwas später trete auch ich vor und melde mich an. Der Oberleutnant bedankt sich für meinen Dienst und befördert mich. Mit einem kurzen und knappen: „Melde mich ab", trete ich zurück und warte bis sich die doch sehr einfach aufgebaute Zeremonie dem Ende nähert.

Währenddessen denke ich an meine Ausbildung zurück. Ich war zu Beginn kaum motiviert und nahm wenig aus der Grundausbildung mit. In der Funktionsausbildung habe ich viele Lektionen in der Physiotherapie, auf der Wache oder in der Fassmannschaft verbracht. Während der intensiven Woche mit der Inspektion der Fachkenntnisse, war ich in der Fahrausbildung. So wurde ich nun Soldat, obwohl man meine Fachkenntnisse nie überprüft hatte.

Wir, die frisch gebackenen Soldaten, erhalten nun von unserem Zugführer das entsprechende Abzeichen, das einen einfachen diagonalen Strich abbildet. Er drückt es uns mit einem kräftigen Handballenstoss auf die Schulter, auf der es seinen Platz findet. Von unserem Wachtmeister erhalten wir auch noch einen Handballenstoss. Nicht um sicher zu gehen, dass das Abzeichen hält, vielmehr weil das so Tradition ist.

Endlich können wir uns unserem Abendessen widmen. Wir grillieren unter der doch noch scheinenden Sonne und jeder Soldat erhält ein Bier gratis. Wir sprechen gemeinsam über die Zeit als Rekruten, als wäre diese schon seit langer Zeit vorbei und freuen uns auf die Zeit als Soldaten mit mehr Freiheiten, weniger Stress und mehr Respekt.

Hier sitze ich mit meinen Kameraden und geniesse den Abend und die Beförderung. Während der Fahrausbildung gefällt mir die Zeit im Militär schon viel besser und dabei lerne ich auch noch Nützliches, wie etwa Schneeketten montieren und Räder zu wechseln.

Tag 89

Mittlerweile bin ich Fahrer und heute erhalte ich meinen ersten Fahrauftrag. Die ganze Kompanie wechselt ihren Standort von Frauenfeld auf Kloten. Dort werden wir in den kommenden Wochen einige Übungen absolvieren, um unser Wissen zu festigen und uns auf unsere zukünftigen Aufgaben vorzubereiten. Dazu müssen auch alle Fahrzeuge nach Kloten verschoben werden. In den Morgenstunden breche ich gemeinsam mit meinem Kameraden Fischer, dessen Aufgabe es ist mich zu navigieren, auf. Nach gut einer Stunde und mehrmaligem Verfahren erreichen wir unsere neue Kaserne. Sie liegt direkt neben dem Flughafen Zürich und ist etwas kleiner als unsere alte Kaserne in Frauenfeld. Ihr Aufbau ist allerdings komplexer und wir lernen ihn vorerst noch nicht kennen.

Langsam wird mir bewusst, dass ich als Fahrer eine sehr grosse Verantwortung trage. Nicht selten bewegen wir Fahrzeuge im Wert von fast einer Million Schweizer Franken oder sogar mit über einem Dutzend Soldaten beladen. Diese Verantwortung lässt mich oft langsam und sicher fahren, denn ich will niemanden gefährden. Ich realisiere schnell, dass ich mit einem mit Kameraden gefüllten Fahrzeug ganz anders als alleine fahre.

Wir kommen an und beziehen unsere Zimmer. Die neue Zimmerordnung muss streng eingehalten werden, obwohl wir noch weniger Platz als in der Kaserne Auenfeld haben. Zudem muss ich bereits um 14 Uhr bereit sein, um zur Wochenendwache anzutreten. Bewaffnet mit einem RSG 2000 und einer Splitterschutzweste übernehmen wir unsere Schichten, die jeweils sechs Stunden dauern. Danach kann man sechs Stunden für sich beanspruchen, respektive schlafen.

Nach der Fahrausbildung hat sich meine Einstellung verändert. Selbst diese Wochenendwache, die ich für 200 Franken einem sympathischen Kameraden aus der Fahrausbildung abgenommen habe, kann meine Motivation nicht zerschlagen. Gemeinsam mit Kamerad Fischer, der ganz zu seiner Missgunst der Wache zugeteilt wurde, mache ich regelmässig Patrouillen mit einer G-Klasse und verbringe die Nächte in hitzigen Diskussionen über den Umgang mit dem stetig wirtschaftlich und militärisch wachsenden China. In diesen

Nächten diskutieren wir über den Unterschied von Unterdrückung und Kultur, Politik und Tradition. Wir thematisieren, wie sich der Westen, insbesondere die Schweiz, in Bezug auf China positionieren solle und vieles mehr. Die Nächte vergehen sehr schnell und ohne Zwischenfälle, sodass, ehe wir uns versehen, fast schon wieder Tag ist.

Tag 94

Die Kompanie ist wieder in Kloten eingetroffen und die Wochenendwache, die ihren Höhepunkt am Sonntagabend mit der wunderbaren Speise „Brot mit Konfitüre" fand, abgeschlossen. Das Berufspersonal war über diese Planung des wohl mässig motivierten Fouriers überhaupt nicht begeistert. So erhielten wir für das Bestellen und Konsumieren von Dürüms und Pizzas weder Bestrafungen noch Verwarnungen.

Heute sollen gut 450 Soldaten, also drei Kompanien, ihre erste Übung bestreiten. Es wird jeweils zwei Wachtmeistern gemeinsam ein Standort zugeteilt, den sie aufbauen, betreiben und sichern müssen. Dazu erhalten sie etwa zehn Soldaten, die den Betrieb während 24 Stunden aufrechterhalten sollen. Bevor wir die

Übung allerdings beginnen, stimmen wir die verschiedenen Funkgeräte aller Kompanien in Frauenfeld miteinander ab.

Nach dieser etwas trägen und vor allem zeitintensiven Mikrodispo, was so viel wie Konfiguration der technischen Geräte heisst, können wir endlich losfahren und unseren Standort aufbauen. Dazu müssen wir erst einen gesicherten Halt in der Nähe einschlagen und ein kleines Vordetachement vorschicken, welches den Standort erkundet. Ich gehöre auch zu dieser kleinen Gruppe und erhalte den Auftrag, später mit einem Kameraden, dem zweiten Fahrer, die Fahrzeuge zu platzieren und zu tarnen.

Am Nachmittag erreichen wir als ganze Gruppe den abgelegenen Bauernhof. Hier werden wir die nächsten Tage verbringen. Um unsere Aufgabe als Relaisstation wahrzunehmen, haben wir ein technisches Fahrzeug dabei, das auch die zwei einfachen M8 Antennen beinhaltet, die wir aufbauen. Zudem stellen wir eine Fernbetriebsanlage auf, um aus der Scheune, in der wir unser Lager aufschlagen, zu funken und mit einem Feldtelefon den Kontakt mit den Beobachtungsposten sicherzustellen. Den ganzen Nachmittag sind wir mit dem Aufbau beschäftigt und erst um elf Uhr ist unser Standort so weit aufgebaut, dass er der Inspektion des Berufsmilitärs standhalten kann und wir in den Schichtbetrieb wechseln können. Durch meine Funktion als Fahrer entgehe ich der Nachtschicht.

Ich lege mich auf den Holzboden des zweiten Stockes der Scheune, um zu schlafen. Ich liege angezogen in meinem Schlafsack und friere, da durch den einfachen Aufbau der Holzscheune ständig „Türzug" herrscht. Deshalb ist die Temperatur tagsüber in der Scheune fast kälter als unter dem freien Himmel. Dem Wind gelingt es leider nicht, den für eine Bauernhofscheune typischen Gestank zu verdrängen. Auf dem oberen Stock in meinem Schlafsack fehlt mir der Komfort so sehr, dass ich die Schlafenszeit bereits nach vier Stunden freiwillig wieder beende.

Auch wenn die Übung in dieser Scheune mit prekären Hygienebedingungen, kaum Privatsphäre und ohne Komfort sehr unangenehm ist, bleibt es ein einzigartiges Erlebnis, das mir ein klein wenig gefallen hat. Etwas Ähnliches werde ich sicher nie wieder erleben. Mittlerweile sehe ich die sinnlose physische Belastung als eine Art Herausforderung. Ich bin fast wie ausgewechselt und aufgetaut. Auch weil die Kameradschaft und das Gemeinschaftsgefühl immer mehr wachsen.

Tag 107

Nach den ersten beiden erfolgreichen Übungen, startet heute die letzte und grösste Übung, namens Finale. Die Gruppen bleiben dieselben, doch die Standorte werden gewechselt. Von Glück können wir sprechen, dass wir dieses Mal in einem schmutzigen und ungeheizten Pfadiheim schlafen können, das sogar einige schäbige Betten hat. Heute bereiten wir uns erst einmal vor und bauen alles in der Nähe der Kaserne Kloten auf, um festzustellen, ob unser Material komplett ist und funktioniert. Das können wir bereits am früheren Nachmittag abschliessen. Den restlichen Teil des Tages können wir in unseren Zimmern verbringen, was für eine Rekrutenschule sehr untypisch ist.

Ich habe mir ein neues Buch gekauft, das den Titel „Im Westen nichts Neues" trägt und von einem jungen deutschen Soldaten und seinen Erfahrungen während des Ersten Weltkrieges erzählt. Der Autor Erich Maria Remarque hat die Front im Ersten Weltkrieg selbst miterlebt. Diesem neuen Buch widme ich mich an diesem Nachmittag mit viel Neugier und Interesse.

Um etwa neun Uhr abends werden wir nochmals aus unseren Zimmern gezerrt, um den Worten unseres Kompaniekommandanten zu lauschen. Die Lage ist angespannt. Denn während der ganzen Rekrutenschule haben uns das Coronavirus und die daraus entfachten Diskussionen begleitet. In der Zivilbevölkerung wurden während des Sommers Massnahmen gelockert und so breitet sich das Virus wieder verstärkt aus. Die Zahlen stiegen in den letzten Wochen so stark an, dass die Führung der Armee sich gezwungen sah, eine Urlaubssperre zu verhängen. Sie trifft uns hart und verbietet uns jeglichen physischen Kontakt zur Aussenwelt für die nächsten drei Wochen.

Der Armeesprecher wird von SRF wie folgt zitiert: „Wenn die Rekruten etwas nachdenken, werden sie fast froh sein, dass sie nicht dem Risiko ausgesetzt werden, massenhaft in Quarantäne zu müssen." Diese Aussage ist eigentlich eine Frechheit, denn da die Corona-Massnahmen immer schlechter umgesetzt werden, gefährdet man uns hier immer mehr. So beträgt zum Beispiel der Abstand beim Essen keine 2 Meter mehr, sondern ist auf gut 40 Zentimeter geschrumpft. Bei den Übungen schläft man dicht aneinander und es werden nicht einmal Desinfektionsmittel verteilt, zumindest bis dies von einem Soldaten unserer Schule der Nachrichtenagentur „20 Minuten" übermittelt wurde. Spannenderweise interessiert sich seither jeder Berufsunteroffizier und Berufsoffizier für die Verteilung von Desinfektionsmitteln.

Um Entscheidungen, wie eine Urlaubssperre, glaubhaft vertreten zu können, muss man Massnahmen während der Rekrutenschule konsequent umsetzen und nicht aus Gemütlichkeit auf funktionierende Schutzkonzepte für die Abschlussübungen verzichten.

Dabei erfahre ich im Austausch mit Freunden aus Infanterie, Logistik und anderen Abteilungen, dass in meiner Schule die Massnahmen vergleichsweise gut umgesetzt werden.

Enttäuscht gehen wir wieder auf unsere Zimmer, geniessen noch gemeinsam ein Bier und packen dort unsere Ausrüstung für die letzte Übung, welche morgen starten wird.

Tag 108

Von nun an sind wir eingesperrt. Wir werden nicht mehr nach Hause gehen können. Die Motivation der Truppe ist deshalb seit gestern ins Bodenlose gefallen und diverse Soldaten und Wachtmeister, mit denen wir mittlerweile auch eine kollegiale Beziehung aufbauen konnten, lassen den Tag nur noch an sich vorbeiziehen. Ich telefoniere am heutigen Morgen mit meinen Eltern, während ich auf den Übungsstart warte und erzähle ihnen die schlechten Neuigkeiten. Sie sind auch enttäuscht, denn aufgrund eines folgenreichen Planungsfehlers musste ich letztes Wochenende noch ein zweites Mal auf die Wochenendwache und wurde, als wäre das nicht genug, erst Donnerstagabend entsprechend informiert. Der Kompaniekommandant entschuldigte sich zwar und versprach mir, einen Urlaub während des Dienstwochenendes zu gewähren. Doch jetzt gilt nun mal die Urlaubssperre. So sehe ich meine Familie für vier Wochen am Stück nicht. Das stimmt uns traurig, doch immerhin können wir uns umso mehr auf das Ende der Rekrutenschule freuen.

Die Übung startet gut. Wir brechen in Richtung Thurgau auf. Unsere Gruppe wurde kurzfristig noch mit neuen Soldaten aufgestockt, da einige von uns in die Fassmannschaft oder auf die Wache abkommandiert wurden. Nachdem wir eine weitere Gruppe einer anderen Kompanie treffen, welche den Standort mit uns teilen wird, legen wir einen gesicherten Halt ein, damit ein kleines Vordetachement das Pfadiheim erkunden kann.

Kaum angekommen, erhält die zweite Gruppe bereits einen Anruf, der sie wieder zurückpfeift. Einer ihrer Kameraden hat sich im letzten Wochenendurlaub mit dem Coronavirus infiziert, seither mit seinem Zug Kontakt gehabt und so muss nun der ganze Zug in Quarantäne. Sie packen zusammen und ziehen sich zurück, sodass uns nun gut die Hälfte der Mannschaft fehlt. Unsere Kompanie schickt uns zwei Mann als Ersatz für die abgereisten acht Soldaten und so führen wir diese Übung sehr improvisiert weiter.

Wir bauen zwei M8 Antennen auf, damit wir wieder einen Relaisstandort bilden können und eine dritte M8

Antenne, um selbst kommunizieren zu können. Zusätzlich werden natürlich wieder zwei Beobachtungsposten eingerichtet, die wir aufwändig errichten und tarnen. Alles in allem sind wir heute bis um elf Uhr nachts mit dem Aufbau unseres Standortes beschäftigt.

Dieses Mal haben wir einen spezielleren Schichtplan. Mein Teil der Gruppe schläft von sechs Uhr abends bis zwölf Uhr nachts, wobei uns heute nur gut zwei Stunden gegönnt werden, und die andere Gruppe von zwölf Uhr nachts bis sechs Uhr morgens. Den restlichen Teil des Tages teilen wir die Schichten der Gruppen so, dass der andere Teil allgemeine Verbesserungen und Änderungen an unserem Standort vornehmen kann, wie zum Beispiel das Verschieben des Beobachtungspostens am Strassenrand um etwa einen halben Meter oder die Tarnung unseres Anhängers. Das Berufsmilitär ist von diesem Schichtplan derart begeistert, dass sie uns unsere Ruhezeiten gönnen und wir immer erst am Folgetag Verbesserungen durchführen müssen.

Tag 117

Wir haben die letzte Übung, trotz des Mangels an Soldaten, erfolgreich abgeschlossen und in der Kaserne Kloten, wie seiner Zeit auch in der Kaserne Auenfeld, die Ordnung wiederhergestellt und sie anschliessend verlassen. Jetzt schliessen wir die Rekrutenschule in Urnäsch, einem kleinen Dorf in Appenzell Ausserhoden, ab. Bisher habe ich von Appenzell Ausserhoden noch nicht viel gesehen und wurde fast durchgehend der Wache zugeteilt.

Heute wird sich das schlagartig ändern. Unser letzter Marsch führt uns bis zum Hauptort von Appenzell Ausserhoden, der Stadt Appenzell, und über viele Berge. Während 35 Kilometern können wir die traumhafte Aussicht auf eine wunderbare Landschaft geniessen.

Um gut acht Uhr laufen wir los und marschieren ein letztes Mal als Zug. Neben mir laufen keine eingeschüchterten Rekruten mehr, sondern die Soldaten, mit denen ich in den letzten 18 Wochen ausgebildet wurde und – wie manche zu sagen pflegen – zum Mann wurde. Gemeinsam laufen wir mit Stolz und Vorfreude diesem letzten Meilenstein entgegen.

Nach gut zwei Stunden haben wir uns komplett verlaufen, als unser Wachtmeister feststellt, dass wir seit gut einer halben Stunde den falschen Berg besteigen. Prompt drehen wir um und steigen eine halbe Stunde lang wieder ab, um dann den richtigen Weg einzuschlagen. Da der Wachtmeister, der mit der Navigation beauftragt wurde, keine Karten lesen kann, erhalten mein bester Kamerad Fischer und ich die Landeskarte und übernehmen gemeinsam die Navigation durch die unebene Landschaft. Durch das Kartenlesen, vergessen wir fast die Zeit und der Marsch gefällt mir so viel besser, da ich einerseits meinen Körper belaste und andererseits mein Gehirn beanspruchen kann. Abgesehen vom unangenehmen Gepäck, das wir auch heute mitschleppen müssen, gefällt mir der Marsch und meine neue Rolle als Navigator soweit gut.

Die Mittagspause wird nach gut 20 Kilometern eingelegt. Bei einem frischen Septemberwind verspeisen wir das Sandwich gemütlich und müssen unseren ersten Wachtmeister abgeben, der einfach nicht mehr weiterlaufen kann. Nichtsdestotrotz machen wir uns schnell wieder auf den Weg, denn wegen unserer unfreiwilligen Verlängerung sind wir eine ganze Stunde hinter all den anderen Zügen. Das gilt es aufzuholen und daher laufen wir nun schneller.

Mittlerweile, bei Kilometer 27, stelle ich fest, dass ich am linken Fuss eine geplatzte Blase habe. Sie schmerzt bei jedem Schritt mehr, doch bin ich fest entschlossen diesen Marsch zu beenden. Als wir bei Kilometer 30 an einem letzten Verpflegungsposten ankommen, brechen vier Kameraden und ein weiterer Wachtmeister den Marsch ab. Der Rest läuft weiter. Da viele Kameraden auf die Wache abkommandiert wurden und einige eine Dispensation haben, laufen jetzt nur noch gut 15 von den insgesamt gut 30 Soldaten diesen Marsch. Als sich nun auch auf meinem rechten Fuss eine Blase bildet, nehmen die Schmerzen zu und erschöpfen mich weiter.

Vor gut 18 Wochen hätte ich den Marsch an dieser Stelle wohl abgebrochen, doch jetzt denke ich nicht einmal daran. Ich wandere gerne und jogge viel. Meine Schultern sind robust gebaut und mit dem Tragen des Gepäcks habe ich keine übermässigen Probleme. Ein 35 Kilometer Marsch ist für mich belastend, aber ganz und gar keine Unmöglichkeit. Die Schmerzen in den Füssen entkräften mich aber derart, dass jeder zusätzliche Schritt noch mehr schmerzt und mich weiter ermüdet.

Heute will ich diesen Marsch absolvieren und sicher nicht aufgeben. Dem Ende des Marsches und der Rekrutenschule entgegenlaufend, marschieren wir zurück zu unserer Gruppenunterkunft, wo wir bald und nach insgesamt über siebeneinhalb Stunden wieder ankommen.

Alle sind niedergeschlagen und sehr erschöpft. Dennoch sind wir ein wenig stolz und freuen uns, diese letzte Herausforderung gemeistert zu haben. Den Rest des Tages haben wir zurecht frei. Kaum jemand bewegt sich am heutigen Tag noch freiwillig, ausser vielleicht, um am Abend in den Speisesaal zu gelangen. Auch ich spüre, neben meinen Blasen an den Füssen, meine Beine ziemlich stark und liege seit unserer Rückkehr flach.

Tag 124

In unserer letzten Woche haben wir unsere technische Ausrüstung und unsere Fahrzeuge gereinigt und der Logistikbasis zurückgegeben, sodass wir heute Morgen um acht Uhr vollbepackt vor unserer Unterkunft stehen. Jetzt heisst es: Das Abtreten abwarten. In den nächsten Stunden werden noch die letzten organisatorischen Aufgaben gemeistert und die Buchhaltung abgeschlossen. Die Zeit nutzen wir ganz unterschiedlich. Während einige die Zeit kaum mehr abwarten können und mit ihrer Freundin oder Familie telefonieren, geniessen andere die letzten Stunden mit ihren Kameraden und lassen die Rekrutenschule mit ihren Höhe- und Tiefpunkten Revue passieren oder spielen noch ein letztes Mal ein Kartenspiel gemeinsam.

Wachtmeister und Soldaten neben- und miteinander, sodass man sie kaum mehr unterscheiden kann. Die Rekrutenschule ist vorbei. Alle nehmen ihre alten Rollen in der Gesellschaft wieder ein und alle sind erstmal froh, die Rekrutenschule abgeschlossen zu haben.

Um ein Uhr werden wir zusammengerufen, beenden entsprechend unser Jass und holen unseren Sold ab, ehe wir den grossen Parkplatz einnehmen und unser letztes Hauptverlesen abhalten. Der Zugführer bedankt sich für die Zeit und unseren Einsatz und wünscht uns eine gute Rückkehr ins zivile Leben.

Als wir alle stramm nebeneinander und hintereinander eingereiht sind, erinnere ich mich an mein erstes Antrittsverlesen und wie ich verloren und eingeschüchtert meinen Platz gesucht habe. Jetzt stehe ich da als Soldat und lausche den Worten unseres Kompaniekommandanten, als dieser sagt: „Hiermit sind Sie aus dem Dienst entlassen." Wir werfen unsere Bérets hoch und verabschieden uns voneinander. Mit meinen Kameraden habe ich so viel erlebt und durchgemacht, habe ich mich verändert und weiterentwickelt. Jetzt aber ist es Zeit, Abschied zu nehmen:

„Ich melde mich ab:"